PRIX : **60** *centimes*.

Eusebio BLASCO

296

UNE

FEMME COMPROMISE

Traduit avec l'autorisation de l'auteur par Max DELEYNE

PARIS

Ernest FLAMMARION, Éditeur

26, rue Racine, 26.

UNE FEMME COMPROMISE

ÉMILE COLIN — IMPRIMERIE DE LAGNY

EUSEBIO BLASCO

UNE

FEMME COMPROMISE

(Una Señora comprometida)

NOUVELLE

TRADUITE AVEC L'AUTORISATION DE L'AUTEUR

PAR

Max DELEYNE

PARIS

ERNEST FLAMMARION, ÉDITEUR

26, RUE RACINE, PRÈS L'ODÉON

—

A Don Eusebio Blasco,

Doyen de la Presse étrangère à Paris,

Espagnol d'origine et Français d'amitié,

Romancier, Critique, Journaliste et Causeur

également apprécié des deux côtés

des Pyrénées,

J'offre cette Version de son livre, comme un
remerciement admiratif pour le triomphant
éclat de rire que sa verve a su provoquer, en
cette sombre fin de siècle, chez nos hypocon-
driaques contemporains.

MAX DELEYNE.

AU LECTEUR

PROLOGUE DE LA SECONDE ÉDITION

Les us et coutumes chers aux écrivains de ce temps les entraînent généralemont, lorsqu'on réimprime une de leurs œuvres, à notifier bruyamment cet événement littéraire, sous prétexte de remercier le public.

La première édition de ce livre a été en peu de jours complètement épuisée.

Veut-on savoir pourquoi?

Je me hasarde, en dépit de ma qualité d'auteur, à faire à cette interrogation une réponse catégorique.

Cette première édition n'a été, à mon sens, si rapidement enlevée que parce que sa lecture a diverti le lecteur...

— Oh! le vaniteux! vont s'écrier ceux qui par

courront ces lignes. Se vante-t-il assez haut de son habileté à nous divertir !...

— Oh! les imprudents !... leur répliquerai-je sans plus d'hésitation que de gêne. Quel est celui de nous qui oserait se déclarer sûr de n'avoir jamais excité l'hilarité du prochain ?

La différence qui distingue l'hilarité dont vous êtes cause de celle que je fais naître est exactement la même que la différence à établir entre le voiturier et celui qui voyage assis dans la voiture. Tous deux vont certainement en carrosse, et pourtant...

Je sens la nécessité de m'expliquer ici ; je vais le faire tout de suite :

La moitié du monde s'amuse de ce qui moleste l'autre moitié.

Qui est-ce qui pourrait réprimer toute envie de rire quand un passant trébuche et s'aplatit bêtement ?

Qui est-ce qui n'a jamais ri des mésaventures arrivées à son semblable ?

Personne !

Cela admis, ne doit-on pas reconnaître que le meilleur moyen de mettre les gens en gaieté consiste à leur raconter les embêtements de leurs amis et connaissances?

« Il a suffi d'annoncer au public qu'une femme était compromise pour que les librairies fussent aussitôt assiégées par une foule de lecteurs, tous extrêmement pressés d'apprendre comment la dame en question s'était mise dans une situation compromettante.

» C'est en parcourant ces pages qu'ils surent comment un mari perdit sa femme; — comment un jeune audacieux put se permettre quantité d'insolences à l'égard de celle-ci; — comment un digne curé pratiquait à grand renfort de taloches l'hospitalité évangélique; et comment une grêle de gifles et de coups de bâton bouleversa de fond en comble certain hôtel... Décidément, il n'y a rien comme la narration de semblables faits pour procurer au public le plus grand contentement possible. »

Je ne suis absolument pour rien dans les phrases ci-dessus encadrées par des guillemets. Le public seul a émis ces propos, et je les ai simplement entendu répéter, tout à fait par hasard, par deux personnalités qui daignaient s'occuper de la mienne.

Mais vit-on jamais un écrit obtenir quelque succès sans qu'il se trouvât quelqu'un de particulièrement acharné à mettre *ses* (1) défauts en lumière.

J'ai rencontré ce quelqu'un-là des centaines de fois, et ce, pour deux bonnes raisons :

D'abord, parce que les gens de cette espèce pullulent par milliers.

En second lieu, parce que le public a cru devoir me faire l'honneur d'acheter ce livre.

Cela ne m'empêchera point de dire à celui qui veut bien me lire en ce moment le vrai secret de l'engouement provoqué par certains ouvrages. Les livres devraient tous remplir les deux con-

---

(1) Chacun appliquera le possessif *ses* comme il le jugera meilleur.

ditions que voici : distraire agréablement l'esprit, et n'offenser en rien les lois de la convenance.

Avant que d'être mon lecteur, celui qui me lira est à mes yeux un étranger auquel je dois parler avec respect et dans un langage scrupuleusement convenable.

Amuser le public n'est pas une chose impossible ; elle n'est ni difficile, ni rare. Ce qui est rare et difficile est de ne l'offenser ni dans l'intention ni dans les mots.

Eh bien ! vous pouvez, cher lecteur et ami, laisser traîner ce livre dans tous les recoins de votre logis. Peu importe que vos enfants s'en emparent, et que vos filles mariables (Dieu nous les conserve!) le feuillettent par hasard ! Ni celles-ci, ni ceux-là ne trouveront dans ces pages de paroles grossières et de phrases à double sens. Aucun d'eux n'aura à rougir par ma faute.

Cette garantie vous semble-t-elle négligeable dans un pays qu'inondent chaque année de si

nombreuses rééditions de Paul de Kock (1), —
cet auteur que nos éditeurs qualifient de popu-
laire?

Au surplus, n'allez pas vous imaginer que ce
livre offre d'autres particularités que celle d'a-
voir été réédité si vite. Et encore faut-il remarquer que ce fait ne prouve pas grand'chose,
dans un temps où le livre de cuisine espagnole-
américaine se trouve réimprimé chez l'éditeur
Lopez pour la treizième fois !

(1) Ne pas oublier qu'il s'agit de l'Espagne.

UNE

FEMME COMPROMISE

I

PREMIÈRE STATION

(La scène se passe en Espagne, de nos jours.) (1)

Le train venait d'entrer en gare de ***

Les voyageurs, jaloux d'employer les vingt minutes d'arrêt concédées par l'itinéraire, avalaient, beaucoup plus vite qu'ils ne l'auraient voulu, la gargotte empoisonnée servie par les garçons du buffet.

Un homme de figure agréable et d'élégante

(1) Cette parenthèse a été intercalée dans le texte pour la clarté du récit. — N. du T.

tournure entra dans la salle à manger, alors que ses compagnons de route avaient déjà expédié la moitié du repas.

Il salua d'une inclination de tête quelques-uns des dîneurs.

Puis, il vint s'asseoir à côté d'une dame.

Cette dame lui sourit.

Elle se recula légèrement et comme pour permettre au nouveau venu de s'installer plus commodément.

Mais ce que j'en dis n'est qu'une supposition gratuite.

— Mille fois merci, dit le retardataire en engloutissant son potage. Merci, très aimable compagne.

— Il n'y a pas de quoi, répondit-elle.

— Comment?... il n'y a pas de quoi? fit-il.

Mais elle continua, comme si elle n'eût pas entendu :

— Vous êtes arrivé un peu tard.

— Oui, j'ai bavardé un instant...

— Avec quelque connaissance, sans doute?

— Avec le chef de gare, qui est un vieil ami
à moi.

— Vous n'aurez peut-être plus le temps de
dîner, maintenant?

— Nous avons encore sept minutes.

— Ce n'est pas beaucoup!

— N'en croyez rien.

— Nous verrons bien si vous restez en panne.

— Bah! quand quelqu'un sait bien employer
le temps...

— Vous vous targuez de célérité?

— Vous dites, madame?...

— Que vous vous piquez d'aller vite en be-
sogne?

— Un peu!

— Ah! ah! c'est bon à savoir.

— Il paraît, ma chère compagne, que vous
avez un certain goût pour l'équivoque.

— Ne croyez pas cela.

— Me permettez-vous de vous offrir une
olive?

— Volontiers.

Et la dame accepta l'olive.

— Vous offrirai-je de l'eau? dit le voyageur.

— Merci bien.

Il y eut trois secondes de silence.

— Attention!... vous allez tacher votre robe avec cette assiette.

— Mille remerciements.

— Pas tant de compliments, señora, au nom du ciel! Puisqu'il y a déjà six heures que nous nous connaissons, je crois que les cérémonies n'ont plus de raison d'être entre nous.

— Caballero!

— Qu'y a-t-il?

— Que vous allez un peu bien vite.

— Comme vous m'avez indiqué tout-à-l'heure que ma vivacité ne vous déplaisait pas...

— Je n'ai pas dit cela.

— Eh?

— Ou, si je l'ai dit, c'est sans le vouloir dire.

— Vous avez dit... — Qu'est-ce donc que vous

avez dit? — ah! oui : vous avez dit : « C'est bon à savoir? »

— Eh bien! après!...

— Alors, en résumant l'affaire...

— Assez! assez! Laissons cela, je vous prie.

— Comme il vous plaira, señora. Prendrez-vous du café?

— Oui, j'adore le café.

— C'est comme moi. J'en prends trois fois par jour.

— Moi aussi.

— Quelle coïncidence!... — Garçon!

— Señorito?...

— Deux cafés. Vitement!

— Tout de suite! cria le garçon.

Le buffet était déjà presque désert.

Il n'y restait plus que la dame, son interlocuteur, et un jeune homme qui se disposait à sortir.

Le compagnon de la dame était resté silencieux.

2

La voyageuse regarda la pendule et s'écria :

— A peine s'il reste cinq minutes !

— Hein !... fit-il, comme en sursaut, en s'arrachant aux réflexions qui semblaient l'absorber.

— Je dis qu'il n'y a même plus cinq minutes.

— Le voyageur sourit.

— Bah ! dit-il. Ne nous pressons pas.

— Comment !... ne pas nous presser ?...

— Pourvu qu'on arrive à temps...

— Mais tous les voyageurs sont déjà remontés dans leurs compartiments.

— Bon ! Laissez-les faire !

— Non, non ; je pense que je puis partir sans prendre mon café.

— On vous l'apporte.

— Mais, hombre !...

— Voyez-vous ? Voilà votre café ! Et il a très bonne mine.

— Mais...

— Je vous sers ; ne vous pressez pas.

La cloche de la gare sonna le départ.

— Partons ! cria la dame. Le train va partir.

— Pas encore, señora, il ne part pas encore !

— Il va nous arriver un ennui.

— Du calme ! du calme, ma chère amie ! Voulez-vous un peu plus de sucre ?

— Oui, un petit morceau de plus.

— Encore ?...

— Non, merci, c'est assez.

— Ah ! señora, je ne sais comment cela se fait, mais à mesure que votre voyage s'avance, j'éprouve en même temps du chagrin et du plaisir.

— De la peine et du plaisir à la fois ?

— Oui, señora. Oui, mon plaisir vient de me sentir bientôt votre ami ; ma peine naît de notre séparation prochaine.

— Caballero, ce que vous dites dépasse les bornes de la galanterie permise.

— C'est bien possible, señora. Il arrive quelquefois qu'on dépasse les limites de l'ordinaire galanterie pour entrer de plain-pied dans le domaine de la passion.

— De la passion, dites-vous?

— Quoi! vous êtes blessée de ce que je me sois avancé jusque-là. C'est bien; je me tais et je vous demande pardon. Mais quand on a d'aussi beaux yeux...

Au même instant on entendit un sifflement prolongé.

— Voyez-vous? cria la dame en se levant.

— Qu'est-ce qu'il y a donc?

— Il y a ce que je craignais.

— Mais encore, qu'est-ce que c'est?

— Que voulez-vous que ce soit? Le train vient de partir.

— Caramba! c'est la vérité.

— Vous m'avez fait oublier l'heure !

— J'en suis bien heureux!

— A-t-on jamais vu pareille effronterie ?

— Comment! vous ne voulez pas que je me félicite de vous avoir amusée? Cela prouve tout au moins que je ne vous ai pas déplu.

— Voilà un vrai démon!

— Où est-il?

— Qui?

— Le démon que vous dites avoir vu.

— On ne peut parler sérieusement avec vous.

— Je proteste.

— Et le train étant parti...

— ... Nous aurions beau nous mettre à courir, le pire est que nous ne le rattraperions plus. Hein!... que vous en semble?

— Mon Dieu! mon Dieu!

— Regardez! regardez! le voilà déjà hors de vue.

— Il me semble que c'est vous qui perdez de vue les convenances.

— Merci!... Allons, señora; nous n'avons plus maintenant qu'à prendre un... grand parti! — une résolution héroïque.

— Quel contre-temps!

— Qu'y pouvons-nous faire? Retournons au

buffet et noyons notre ennui dans du café, si vous le croyez nécessaire.

— Je vois que vous êtes aussi résolu que je le supposais.

— Señora... c'est ce que nous verrons!

II

L'INTIMITÉ S'ÉTABLIT

Les deux voyageurs rentrèrent donc dans la salle à manger de la gare; la dame, avec une mine boudeuse et ennuyée, et son compagnon, tout disposé à reprendre le dialogue interrompu.

Ce dernier eut aussitôt renoué l'entretien, si la jeune femme ne l'avait supplié de s'informer avant tout de l'heure à laquelle passerait dans cette station le train dont ils pourraient profiter, pour continuer leur voyage.

Le dandy appela un employé et lui demanda ce que la dame désirait savoir.

— Il n'y aura pas, avant minuit, d'autre train que celui des marchandises.

Telle fut la réponse du garçon.

Il n'était que cinq heures et demie du soir.

On avait six heures et demie à attendre.

La voyageuse se montra tellement contrariée que le voyageur s'abstint de lui adresser de nouvelles plaisanteries, tant que le chagrin dont elle semblait accablée ne lui parût pas diminuer quelque peu.

— Oh ! se lamentait-elle en écrasant sous ses doigts mignons une boule de mie de pain, si j'avais pu me douter de cela, je ne serais point descendue de wagon ; aussi vrai que je m'appelle Teresa.

— Vous vous nommez donc Teresa, señora ? se hasarda à demander le voyageur.

La dame répondit en soupirant :

— Oui, señor.

— Un bien joli nom !

— Ni joli, ni laid. Vous voulez tirer parti de tout.

— Non, mais il est naturel qu'un joli nom me séduise, parce que j'en ai un si horrible que...

— Vraiment ! Quel nom est-ce donc ?

— Señora, j'ai vraiment honte de le dire.

— Sainte Vierge !

— Enfin, puisque vous tenez tant à le savoir...

— Non, je n'y tiens nullement. Est-ce que vous allez croire...

— Eh bien ! qu'importe ! je vous le dis. Je m'appelle donc Anastasio, pour vous servir. Quelle abomination ! hein ?

— Anastasio ? répéta Teresa avec une surprise visible.

— Oui, señora, affirma-t-il avec un désespoir comique.

Et il ajouta aussitôt :

— N'est-ce pas qu'un homme affligé d'un tel nom est prédestiné à n'être qu'un individu grotesque ?

— Je ne vois pas pourquoi. Mon mari s'appelle comme vous, et je ne le trouve pas si grotesque que vous le dites.

— Ah!... veuillez m'excuser. J'ignorais absolument que...

Anastasio pensa :

— Elle est donc mariée !

Et il fourragea rageusement sa chevelure avec ses ongles

— Voyons maintenant, señor, dit Teresa se levant d'un air très grave ; qu'allons-nous faire ?

— Ce que vous voudrez.

Teresa commença à marcher avec agitation à travers la salle du buffet. Elle était impatientée, désolée, énervée.

Anastasio paya le prix des deux repas et des deux cafés ; puis il se dirigea résolument vers sa compagne de voyage.

Celle-ci le regarda avec stupéfaction.

— Il est déjà près de six heures, dit-il. Le soleil va bientôt se coucher, et la nuit va venir à grands pas. Si vous le jugez bon, nous pourrons nous réfugier chez le chef de gare qui est, comme je vous l'ai dit, un de mes anciens amis, et nous y attendrons l'arrivée du train de minuit. Tel est au moins mon avis. Mais si vous avez projeté autre chose, je suis entièrement à vos ordres.

— Il me répugne d'entrer chez ce chef de gare que je ne connais pas, dit Teresa sèchement.

— Mais c'est un homme très bien élevé et très...

— Qu'importe ! Je ne dois point aller chez lui, et cela... pour plusieurs raisons.

— Vous plaît-il de m'en dire une seule ?

— Oui, señor ; j'habite un village peu éloigné de celui-ci, et il se peut très bien que le chef de gare me connaisse, parce que je parcours fréquemment cette ligne ; et parce que... Rien ! rien !... Imaginez autre chose.

— C'est à vous de commander et à moi d'obéir.

— Eh bien ! la nuit sera belle, à ce qu'il me semble ; et puisque nous sommes aux derniers jours d'août, elle ne peut être encore très froide.

— C'est vrai.

— Le parti le plus prudent est de m'éloigner d'un lieu où l'on peut me reconnaître.

— Parfaitement.

— Et d'éviter un scandale dans ma maison car je vous ai déjà dit que je suis mariée.

— De mieux en mieux !

— Et de tuer le temps jusqu'à l'arrivée de l'autre train.

— C'est extraordinairement admirable !... Vous êtes plus intelligente qu'un archevêque métropolitain.

— Jésus ! quel homme !... Nous pourrions donc faire une promenade jusqu'au village qui se trouve à mi-côte de cette colline : on peut le voir d'ici. Nous irons et nous reviendrons à tout petits pas ; que vous en semble ?

— Il me semble que c'est on ne peut plus judicieusement, admirablement et phénoménalement bien pensé.

— Allons ! vous allez finir par me faire rire !

— Je tâche d'y parvenir, car je ne désire rien de plus que de vous procurer toutes les joies...

— Grand merci, caballero ; vous êtes vraiment trop aimable.

— Vous le seriez tout à fait pour moi si vous m'accordiez une faveur.

— Si c'est possible...

— C'est très facile.

— Voyons donc.

— Au lieu de m'appeler à tous moments caballero (1), vous pourriez bien dire tout court « Anastasio ». Eh bien !... est-ce conclu ? Oui ou non ?

— Vous continuez, paraît-il, à vous montrer partisan de la bonne franquette.

— Toujours !

— Eh bien ! puisque c'est tout ce que vous

(1) Cavalier, variante de señor et tout aussi usité.

demandez, commençons donc notre promenade, señor don Anastasio.

— Supprimez le señor et le don, parce que
cela ne me sert à rien.

— Ah ! ah ! ah !...

Teresa éclata de rire sans pouvoir se contenir.

— Vous riez ! s'écria Anastasio. Oh ! quelle
félicité ! quel bonheur ! quelles délices ! oh !
quelle belle et grande chose !

— Assez ! assez ! vous dis-je. Partons-nous,
enfin ?

— Tout de suite ! Vous offrirai-je le bras ?

— Non, merci.

— C'est que le chemin est si pierreux ! Ap-
puyez-vous donc ; veuillez me faire cette faveur.

— Il n'y a d'autre moyen de vous faire taire
que de céder à votre désir. Je m'appuierai donc.

— C'est cela ! la route vous paraîtra bien
moins pénible. *Andiamo !*

III

LE MARI

Tandis que le couple de nos promeneurs s'enfonçait dans l'obscurité de l'étroit sentier conduisant au village, le train dans lequel ils auraient dû continuer leur voyage parvenait au village voisin.

Plusieurs personnes se trouvaient à la gare, sans doute pour attendre des voyageurs.

Le train arriva, s'arrêta, et aussitôt commença le mouvement de va-et-vient de descente et de montée.

— Trois minutes ! crièrent les employés à plusieurs reprises.

Deux ou trois voyageurs descendirent de wagon, et s'en furent réclamer leurs bagages.

Un bonhomme gros, vieux, très rouge et très laid s'avança sur le quai et cria de toutes les forces de ses poumons :

— Teresa! Teresita !...

Le lecteur doit imaginer sans peine quel était l'individu qui allait et venait de la locomotive au fourgon, et du fourgon à la locomotive en criant :

— Teresa!

Mais Teresa ne répondait pas. Comment eût-elle pu répondre ?

— Es-tu là? recommença le petit homme en s'arrêtant devant un wagon. Et comme s'il eût voulu prendre à parti tout le monde au sujet de sa demande :

— Voyons, señores, n'y a-t-il pas une dame dans votre wagon ?

Personne ne lui répondit.

— Veuillez l'appeler. Elle s'est endormie peut-être !

— Il n'y a pas ici d'autre dame que moi, dit une *tia* (1), se montrant à la portière d'un wagon de troisième classe.

L'affligé personnage alla au wagon voisin.

— Teresââââââ ! glapit-il en augmentant le volume de sa voix, sans s'inquiéter du scandale causé par ce tapage.

Un jeune homme s'accouda à la portière d'un compartiment de première.

Presque tous les voyageurs en avaient déjà fait autant, les agissements du petit vieux ayant attiré l'attention générale.

— Vous avez perdu quelque chose? demanda l'un d'eux.

— Oui, señor, ma femme ! pleurnicha le mari angoissé.

— Vous êtes bien heureux ! s'écria un voyageur en riant.

— Qui ne voudrait en pouvoir dire autant ! dit un autre.

(1) Tante, vieille femme.

3

— Faites-là réclamer dans le journal des an-
nonces ! ajouta un troisième.

— Les voyageurs en voiture ! criaient les employés de la gare.

Et le timbre résonna.

— Holà ! don Anastasio !... appela d'un wagon
un individu extraordinairement obèse. Vous ici !
Qu'y a-t-il comme cela ?

— Que ma femme devait arriver par ce train,
et je ne l'aperçois pas.

— Elle devait venir jusqu'ici ?

— C'est clair !

— Tiens ! cela me semble bizarre.

— Pourquoi ?

— Mais... comme je l'ai vue s'arrêter à la station précédente...

— Hombre ! que me racontez-vous là ?

— Ce que vos oreilles entendent... Et comme
elle s'est arrêtée à l'autre station avec un cavalier...

— Avec un cavalier !!! exclama le mari.

— Bon ! Très bon ! Excellent ! crièrent les
voyageurs très amusés.

— Vous en avez menti ! disait don Anastasio dont le rouge visage devenait brun comme du chocolat.

— Hombre ! je vous remercie ! C'est quand je vous avertis charitablement que vous vous mettez à m'insulter.

— Et ce cavalier, quel est-il ?

— Est-ce que je sais ?... J'ai pensé que c'était quelqu'un de votre famille. Ils dînaient ensemble...

— Écoutez bien ça, mon ami !... recommanda, du fond de son wagon, un étudiant, au mari éprouvé.

Don Anastasio du brun était passé au vert.

La locomotive, semblant le railler à son tour, donna deux ou trois coups de sifflet, et le train fila comme si le diable l'emportait.

Quelques voyageurs qui virent don Anastasio tirant la langue comme un chien altéré lui crièrent en partant :

— Garde à vous, ami, garde à vous !

— Oh ! votre position est bien grave !

IV

QUAND JE VOUS DIS QUE JE VOUS ADORE !

. . . .

— Quelle belle nuit ! n'est-ce pas, Teresa ?

— Magnifique !

— La lune est si grande et si claire !

— C'est le plus bel ornement d'une nuit aussi calme.

— Ce n'est pas vrai.

— Ce n'est pas vrai ?...

— Non, car le plus bel ornement de cette nuit est la déesse qui y préside, celle qui daigne en ce moment s'appuyer à mon bras.

— Je vois, mon ami, que vous ne pouvez dire une parole sans qu'elle renferme une galanterie.

— Et vous ne savez pas d'où cela vient?

— Je l'ignore.

— Cela vient seulement de ce que vous m'inspirez.

— Et qu'est-ce que je vous inspire?

— Pst! des mots, chère amie; des mots, et rien de plus.

— Je regrette de ne pouvoir inspirer mieux que cela; mais ce n'est pas ma faute, n'est-ce pas? Quand une femme est née comme cela...

— Holà! vous me mettez dans la nécessité de dire maintenant ce que je n'osai dire encore, de peur de vous offenser.

— Prenez garde à ce que vous dites.

— Il n'y a rien à craindre. Il est sûr que depuis que j'ai le plaisir de vous connaître, vous m'avez inspiré quelque chose de plus que de vaines paroles; mais ce « *Quoi?* » par lequel vous avez interrompu la phrase que j'avais

commencée m'a forcé à dévier du sentier que
je m'étais tracé.

— Seriez-vous pas journaliste?

— Pourquoi cette question?

— Parce que ce que vous disiez d'un sentier
que vous vous seriez tracé est une vraie phrase
de journal.

— Ah! ah! ah!... C'est charmant! Lisez-vous
des journaux?

— Quelquefois.

— Eh bien! vous pouvez croire que je disais
l'exacte vérité à propos de la route et du sentier; la preuve en est que, si vous examinez où
nous sommes, vous verrez que nous avons
perdu le chemin que nous suivions.

— Paix! c'est la vérité! Où me conduisez-vous?

Teresa avait prononcé cette interrogation
avec une certaine gravité, — c'est-à-dire, non,
pas avec gravité; plutôt avec une certaine
expression de crainte.

Mais l'auteur s'imagine que c'était de la
crainte... jusqu'à un certain point.

Il se peut qu'il fasse là une supposition gratuite ; — aussi gratuite que celle du chapitre
premier.

— Où me conduisez-vous ? — avait demandé
Teresa.

Et Anastasio répondit :

— Faire une promenade délicieuse. Je connais
les environs aussi bien que mon pays natal. Je
sais un site un peu écarté où se trouve une
source.

— De la poésie, hein ? dit Teresa en souriant.

— Une source, continua l'autre, aussi ba-
varde qu'une portière, et aussi claire que du
chocolat de pique-nique.

— Jésus ? Quelles horribles comparaisons !

— Ah ! vous préférez celles dont on se sert
tous les jours, celles que les poètes emploient
depuis que la poésie existe ? Fort bien ! En ce
cas-là, je vous dirai que cette fontaine jase
comme...

— Assez ! assez ! je mesure jusqu'où vous
poussez l'originalité.

— Vous me croyez original, señora ?

— Beaucoup.

— En revanche, vous me faites l'effet d'être une copie...

— Comment ?

— Une copie de la Vierge de Murillo, ou de la Vénus de Milo.

— Vous me flattez...

— Je ne suis que juste. Allons, nous voilà arrivés. Dites-moi maintenant si le site n'est pas ravissant ?

En effet, rien de plus agréable que la retraite où se trouvaient alors nos deux nouveaux amis.

L'onde, jaillissant à la cime d'un rocher, bondissait parmi les cailloux pour se perdre dans la fontaine qui donnait naissance à un ruisseau.

Des joncs et des roseaux vigoureux clôturaient, autour de la fontaine, une sorte de petite place vers laquelle convergeaient plusieurs sentiers capricieusement tracés par le passage quotidien des villageois venant chercher l'eau nécessaire.

Le bruit monotone, mais gracieux, de cette cascade en miniature; le silence de la nuit environnante, interrompu seulement par quelque chant lointain; la clarté lunaire inondant la campagne, et la solitude du lieu étaient on ne peut plus propices à l'éclosion de pensées audacieuses chez n'importe quel Espagnol, — cet Espagnol eût-il la malechance de s'appeler Anastasio.

Teresa s'assit sur une des pierres qui bordaient le ruisseau et laissa échapper un soupir.

Anastasio s'imagina que Teresa respirait d'une façon particulière, ou il parut se le figurer, dans le but de rendre plus expressives les paroles qu'il articula, et qui furent celles-ci :

— Qu'avez-vous ? Ce soupir...

Celle à qui cette question s'adressait rejeta sur ledit soupir la responsabilité de ce qu'elle allait dire et répondit :

— Pensez-vous que je n'aie pas de motif de

soupirer ? Mon mari m'aura attendue, et quand
l'heure, par lui si désirée, sera enfin arrivée,
quel n'aura pas été son étonnement?

— Oui, sans doute, dit Anastasio contrarié
de voir le mari prendre dans l'entretien le rôle
d'un paravent; c'est vrai; votre mari doit vous
attendre les bras ouverts...

— Caballero!

— Ah! ce n'est pas cela? Pardon! Je voulais
dire, au contraire, que votre mari vous aura
attendue les bras croisés.

— Anastasio !

— Ah! pas cela, non plus? Très bien! alors,
cet heureux époux qui attend sa moitié, les
mains dans ses poches...

— Trêve de plaisanteries ! Je ne permettrai
pas que mon mari vous serve de prétexte pour
dire des sottises.

— Veuillez m'excuser, Teresa, et ne me parlez
plus d'aussi dure manière. Mais croyez bien
que d'entendre parler d'un mari en de semblables moments, d'entendre prononcer le nom

de celui qui m'enlève la joie de vous dire ce que je dois taire, c'est plus qu'il n'en faut pour me contrarier très fort; et si je n'avais remplacé à temps les expressions qui venaient naturellement à mes lèvres, la moquerie dont je l'ai fait victime eût été autrement inconvenante.

— Parlons d'autre chose, je vous en supplie.

— Ah! vous avez de la répugnance à parler de votre époux. Je le comprends, et je ne sais pourquoi j'ai idée que vous devez être l'innocente victime de quelque ours portant pantalons.

— Finissez-vous vos impertinences?

— Oh! Señora, que de femmes sont dans la même situation que vous! Je connais une dame, mariée à un employé des contributions indirectes, qui n'oserait répondre à mon salut quand elle me croise dans la rue.

— Pourquoi donc?

— Parce que son mari, qui est horriblement jaloux, lui a défendu de saluer aucun homme; et certain soir, où j'eus la maudite inspiration

de lui offrir une poire confite, cet affreux canni-
bale eut le courage, en plein café Suisse, de lui
crêper le chignon jusqu'à lui faire restituer tout
ce qu'elle avait pris. Et ce, à la vue de tout le
monde.

— Mais...

Anastasio continua :

— Vous pensez si cela fut terrible! Eh bien!
il ne s'en tint pas là, mais en rentrant chez lui,
il l'enferma... Où croyez-vous qu'il l'enferma ?
Vraiment, je ne veux pas le dire.

— Assez, hombre! au nom de Dieu!

— Très bien señora ; je me tais, mais faites-
moi la grâce de me dire si mon homonyme n'est
pas un de ces maris pareils à des frelons qui
ne laissent pas vivre leurs femmes.

— Mon mari est un bon mari ; rien de plus.

— Quoi! *rien de plus*. Ce n'est vraiment pas
suffisant.

— Cela me suffit.

— Oh! si j'étais votre mari, moi...

— Que feriez-vous ?

— Vous entourer de prévenances, de soins, vous complaire jusque dans vos plus insignifiants caprices; en un mot, vous adorer.

— Ecoutez! ce n'est pas précisément cela qui se voit tous les jours...

— Je serais un mari modèle.

— Vous êtes garçon?

— Oui, señora, garçon.

— Et vous le regrettez?

— De toute mon âme.

— Mariez-vous, alors.

— C'est impossible!

— Parce que?...

— Parce que je divorcerais fatalement après deux mois de mariage.

— Voilà que je ne comprends plus.

— Teresa, je vais être avec vous aussi franc que je pourrais l'être avec une sœur.

— Je suis tout oreilles.

Anastasio se rapprocha un peu plus de la voyageuse et s'exprima comme suit :

— J'ai le caractère inconstant au suprême

degré. Ce qui me plaît aujourd'hui me fera
horreur demain. Je vis aujourd'hui à l'espa-
gnole; ce sera, demain, à la française; après-
demain, à l'orientale; le jour suivant, à la hot-
tentote. Ce soir, je me couche de bonne heure;
dans deux jours, je ne me coucherai pas du tout,
pour, le jour d'après, dormir vingt heures sans
me réveiller. Je ne puis souffrir d'aller deux
semaines entières au même café, ni au même
théâtre, non plus qu'à la même réunion, ou à
la même promenade. Si par malheur j'ai à passer
deux mois dans une ville quelconque, je m'y
ennuie souverainement, et je me vois forcé de
m'en aller ailleurs. En un mot, je déteste la
routine, j'ai la monotonie en horreur, et je ne
puis faire deux fois une même chose. M'obliger
à vivre éternellement avec une même personne,
dans la même ville, sous le même toit, serait me
tuer sûrement. Je ne puis, en conséquence,
vivre marié.

Teresa s'écria :

— Quand je disais que vous étiez un être très original !...

— Peut-être le suis-je ; mais il est non moins certain que je suis bien malheureux.

— Je le crois. Cette impossibilité de conformer votre vie à celle de tous les mortels...

— Oh ! c'est très triste. C'est pour cela que si je rencontre l'occasion de me rendre heureux pendant quelques heures, je ne saurais me résigner à la perdre. Pour moi, le bonheur est forcément contenu dans un nombre d'heures déterminé. S'il dépassait la limite que lui inflige ma mobilité de caractère, ce bonheur se changerait en fatigue. Voilà pourquoi aujourd'hui, quand je vous ai vue entrer dans mon wagon, et que je vous ai trouvée si belle, si charmante, si spirituelle, lorsque j'ai compris que j'allais éprouver pour vous cette passion que j'ai ressentie pour tant d'autres, mais qui n'a jamais passé une nuit entière en mon cœur, je me suis dit à moi-même : « Allons, Anastasio, voici une occasion propice. Si, par hasard, le voyage de cette dame

est long, et qu'elle t'accompagne jusqu'au bout
de ton chemin, tu vas te sentir complètement
heureux, car tu vas passer les douze ou quatorze
heures que dure en général ton enthousiasme
de la façon la plus conforme à tes désirs. Mais
si la voyageuse ne va pas jusqu'à la fin avec toi;
si malheureusement elle s'arrête en chemin, tu
es un homme perdu! » Vous me fîtes comprendre que vous alliez descendre à la station
prochaine. Aussitôt je forgeai mon plan; je vous
retins malgré vous à la gare, et d'ici à minuit...
il y a encore six heures...

— Quelle infamie! s'écria Teresa en se levant pour s'éloigner d'Anastasio.

— Pardon! articula ce dernier en se rappro-
chant d'elle. Pardon! Et si j'ai pu, pendant les
brefs instants écoulés depuis notre rencontre,
mériter de vous quelque sympathie, accordez-
moi la grâce que je vais solliciter.

Teresa regardait le voyageur avec des yeux
ébahis.

Elle était étonnée, confondue, stupéfaite.

— Serait-il fou ? pensait-elle.

Anastasio la contemplait extasié, enivré.

Il attendait la parole qui allait tomber des lèvres de cette femme, que, déjà (croyez-le, ou ne le croyez pas !), il aimait de toute son âme.

— Enfin, que désirez-vous ? demanda Teresa.

— Que tu m'aimes seulement quelques heures répondit l'original pèlerin en s'agenouillant sur les pierres qui encadraient la source du ruisseau.

Teresa n'était pas une femme vulgaire, et ne se laissait nullement entraîner, comme le font tant d'autres, par l'impression du moment.

Si toutes les femmes pouvaient réfléchir, le monde irait bien mieux qu'il ne va.

Et il faut absolument, mes belles amies, que vous soyez édifiées sur ce point. Vous pensez excessivement peu, et ce peu, vous le pensez trop vite.

Dieu seul peut savoir ce qu'eût fait, en cette occurrence, toute autre femme que Teresa.

Mais Teresa manœuvra très habilement.

Elle se demanda, dans cet instant si critique

4

pour elle, ce qui pourrait arriver, si elle se re-
fusait catégoriquement à satisfaire Anastasio.

Elle réfléchit qu'elle avait peut-être affaire à
un maniaque dont la folie pouvait être terrible.

Elle pensa que si elle perdait le temps en
paroles inutiles, en déclamations ou en pleurs
de colère, — en un mot, si elle ne s'accommodait à l'humeur de son compagnon de voyage,
il l'empêcherait peut-être de nouveau de repartir par le train passant à minuit, et... qui sait
tout ce qui pourrait arriver?

Ainsi donc, elle n'eut pas plutôt vu Anastasio agenouillé devant elle, que sa première
réponse fut un éclat de rire des plus bruyants.

— Quoi! dit-elle, ce n'était que cela que vous
désiriez tant?

— Cela seul.

— Très bien; j'y consens.

Et relevant doucement l'amoureux qui était
encore à genoux, elle passa son bras sous le
sien.

— Ah! comment vous remercier? s'écria

Anastasio saulant presque de joie. Je suis heureux, bien heureux, très heureux, on ne peut plus heureux !

Teresa lui dit :

— Ce qui vous rend sympathique à mes yeux, c'est que vous ne ressemblez à aucun des hommes que j'ai connus jusqu'à ce jour.

— Cela m'enchante et m'enorgueillit.

— Et maintenant, où allons-nous ?

— Au village.

— Il est bien tard.

— Non, nous avons encore cinq heures d'ici minuit. Nous pouvons pénétrer dans le village, et faire une visite au curé qui est de mes amis.

— Mais pour l'amour de Dieu ! malheureux, vous me proposez des choses épouvantables. C'est impossible !

— Pour quel motif ?

— Comment voulez-vous que j'entre chez ce curé-là ?

— Que vous importe ? Nous pouvons dire qu'on vous a mise sous ma protection depuis...

— Non, mon cher, non; cela serait inconvenant.

— Alors... ah!... je sais! Il y a deux ans que je n'ai revu ce curé... Je lui dirai que je me suis marié.

— Anastasio!

— C'est ce qui vaut le mieux.

— Je ne le veux pas !

— Si fait! si fait! tu vas passer pour ma femme.

— Taisez-vous!... Et vous me tutoyez, à présent !

— Oui, je te tutoie parce que nous voici déjà au village, et il faut que nous en prenions l'habitude.

— Mais...

— Allons, ma petite femme, tais-toi.

— Señor, c'est une chose horrible!

— Qu'est-ce qu'il y a d'horrible?

— Je ne peux consentir...

— Chut! nous sommes tout près!

— Mon Dieu!... Et mon mari qui m'attend !

— Il n'a qu'à s'asseoir pour attendre plus à l'aise.

— Et il va être très irrité !

— Il boira de l'eau pour se calmer.

— Je ne vais pas plus loin.

— Pourquoi ne veux-tu pas venir, petite sotte ? C'est ton mari, ton cher petit mari, c'est moi qui te le demande.

— Par grâce !

— Tais-toi, fillette.

— Par pitié !

— Allons, nous voilà devant la maison.

— Anastasio, vous êtes un misérable !

— Silence, chère âme, silence ! par les onze mille vierges ! et toutes les autres par surcroît !

Et en jurant de la sorte, Anastasio souleva le heurtoir de l'entrée.

— Qui est là ? demanda, de la fenêtre, une femme.

— Le seigneur curé est-il chez lui ?

— Il y est.

— Veuillez lui dire qu'un de ses vieux amis désire l'embrasser.

— J'y vais.

Et la femme s'éloigna de la fenêtre.

— Anastasio, se lamentait Teresa, en proie à la plus grande inquiétude, cela ne peut se faire; cela m'indigne; c'est abuser de ma faiblesse.

Le voyageur, qui ne prêtait que très peu d'attention à ce que disait sa compagne, fredonnait une chanson italienne, et regardait, avec un sourire malicieux, la victime de ses extravagances.

Teresa était inondée de sueur.

Elle s'était résignée encore à ne rien dire; elle avait sans doute compris l'impossibilité de convaincre un homme qu'elle croyait fermement être fou à lier.

La femme qui avait disparu de la fenêtre se montra de nouveau.

— Eh ! dit-elle, beau cavalier !

Anastasio leva la tête.

— Comment vous nommez-vous?

— Anastasio Perez.

— Comment?

— Anastasio Perez.

— Je vais le dire au seigneur curé !

— C'est bon !

La femme s'éclipsa une seconde fois, et quatre minutes plus tard, la porte de la maison s'ouvrait. Teresa et Anastasio montèrent chez le curé.

La chose allait, on le voit, en se compliquant de plus en plus.

La situation ne pouvait être, vraiment, ni plus comique, ni plus dramatique.

Teresa gravit l'escalier en respirant péniblement.

La pauvre créature ne savait plus ce qui lui arrivait, et tremblait en songeant à ce qui pourrait lui arriver encore.

Voyons donc ce qui se passa.

V

TROIS CENTS IMBROGLIOS A LA MINUTE

Si jamais quelqu'un de mes lecteurs s'est trouvé dans une situation véritablement compromettante, il pourra peut-être se représenter l'angoisse qui saisit Teresa, lorsqu'elle se trouva en présence du curé.

L'impression qu'elle reçut fut l'une des plus effroyables que la brave dame eut à compter dans sa vie.

— Et pourquoi ? me demande un de mes lecteurs.

Pourquoi?... Qu'on imagine la surprise qu'éprouva la malheureuse, en reconnaissant la face épanouie de l'occupant du presbytère pour celle d'un ecclésiastique qui avait été, deux ans auparavant, curé de la paroisse du village qu'elle habitait avec son mari !

Mais cela n'était pas ce qu'il y avait de pire.

Le pire fut qu'après avoir salué le prêtre par quatre ou cinq embrassades capables de l'étouffer, ce démon d'Anastasio lui dit, à brûle-pourpoint, avec la plus grande insolence du monde :

— J'ai le plaisir de vous présenter ma femme...

Et la femme... resta froide, impassible, et sans mouvement, comme si elle eût été changée en statue.

C'était bien le moins que la chose dût produire.

Le curé ouvrit une bouche large d'une aune.

Et comme ladite bouche en avait naturellement deux de long, cela fit juste trois aunes au total.

— Comment cela se peut-il ? exclama le brave homme. Señora doña Teresa, quand est-ce que vous avez perdu votre mari ?

Ce fut cette fois le tour d'Anastasio à s'immobiliser, comme un de ces rois de marbre qui ornent les jardins du Retiro.

Il comprit tout sur-le-champ, et se jugea perdu.

Mais il se ravisa tout aussi promptement, et résolut de jouer le tout pour le tout ; car Anastasio était ainsi fait, qu'à perdre mille points, il en exposait quinze cents.

Si notre héros eût été foncièrement criminel, il aurait commencé par voler un mouchoir, et aurait fini par avaler tout cru, un jour de jeûne, un administrateur de loteries.

Bref, avant que Teresa eût pu formuler une réponse à la question du curé, il interpella ce dernier.

— Comment donc, mon ami ! vous ignoriez encore ce malheur ?

— Oui, certes ! je l'ignorais absolument...

— Mais il y a deux ans que Teresa est veuve, et deux mois qu'elle s'est remariée avec moi.

Teresa, qui ne savait plus que faire ni que dire, et qu'on eût facilement étranglée avec un cheveu, se prit à sangloter désespérément.

Alors Anastasio, la caressant avec toute l'honnêteté que la situation exigait, s'écria :

— Ne t'afflige pas, pauvre petite amie ! C'est un malheur sans remède.

Et se retournant vers le curé :

— Voyez-vous ?... Chaque fois qu'elle songe à son défunt, elle se met dans un état qui fait vraiment peine à voir.

Le prêtre avala parfaitement la pilule.

— Venez, chère señora, venez, dit-il à Teresa. La fatigue, la lassitude peut-être... et tout peut contribuer à... Eh ! Nicolasa !

La gouvernante du curé apparut dans le salon ;

je me trompe, elle n'apparut point, mais entra délibérément.

— Conduis cette dame dans une autre chambre, dit le maître, et soigne-la comme tu me soignerais moi-même.

La gouvernante emmena Teresa avec elle, et la pauvre voyageuse, abattue, presque inanimée, se dirigea vers l'appartement qui lui était si aimablement offert. Mais avant de disparaître, elle lança à son mari d'emprunt un regard désespéré, un regard significatif, que l'auteur croit pouvoir traduire comme suit en langage vulgaire:

— Señor don Anastasio ou don Maître-fat, vous me faites passer un horrible moment, et je me sens, grâce à vous, prête à mordre comme un chien enragé. Si cela doit encore durer, j'éclate !

Et la pauvre femme ne songeait plus à l'heure qui passait, au train qu'elle risquait de manquer une seconde fois, ni à quoi que ce soit qui pût la préoccuper.

Elle était à demi folle; et la vérité est que la situation était faite pour l'en rendre.

Néanmoins, l'auteur juge que la dame n'était point sans avoir mérité tout ce qui lui arrivait, vu qu'il n'y avait aucune nécessité ou obligation pour elle d'échanger tant de plaisanteries avec Anastasio dans la salle à manger du buffet, ni d'autoriser ses familiarités, ni d'applaudir ses traits d'esprit.

Vous êtes toutes, mesdames les femmes, un peu trop enclines à la causerie et aux taquineries.

Et c'est de cela qu'il résulte... ce qui doit en résulter.

Voilà ce que c'est, Teresa, que de se divertir des plaisanteries qu'on vous dit !

Vous n'allez pas passer une bonne nuit.-

Et ce n'est pas encore là le plus mauvais côté de l'aventure, car il est fort probable que votre mari (le vrai !) vous prépare une réception capable de vous rendre toute bleue.

Tout cela pour tendre la perche aux galants !
Ah ! les femmes ! les femmes ! ! les femmes ! ! !

Mais revenons à notre récit. Ecoutons l'entretien du prêtre et de son ami.

VI

IL Y A TOUJOURS QUELQU'UN POUR AVALER LA
PILULE

Quand ils furent assis tous deux, vis-à-vis
l'un de l'autre, leurs coudes appuyés sur une
table vieille comme le temps, le curé tira de sa
poche une petite boîte remplie de tabac haché,
— de ce tabac capable de faire pleurer les pierres,
— avec un cahier de papier à la marque de la
Panthère, et se mit, tout en parlant, à rouler
une cigarette.

— Dieu nous sauve ! mon cher don Anastasio !

Qui aurait pu s'attendre à vous voir ici à une heure semblable ?

L'interpellé ne répondit pas tout de suite, parce qu'il était très occupé à ourdir et à conbiner une série de mensonges pour se tirer du mauvais cas où l'avait placé sa loquacité démesurée.

Le brave curé continua :

— Voulez-vous une cigarette ? Allons, *hombre*, fumez-moi ça, et ne soyez pas si triste ! Le malaise de votre femme n'a rien de sérieux. Mais, à propos, contez-moi, contez-moi donc...

— Ah ! oui, oui... oui, señor !... Veuillez m'excuser, je réfléchissais... Vous me posiez une question, je crois ?

— Oui, je vous demandais de me raconter comment est mort votre homonyme, et comment vous avez épousé ma señora Doña Teresa.

— Bah ! s'écria Anastasio, pris entre la muraille et l'épée ; que voulez-vous ?... Choses de ce monde !...

— C'est que, mon ami, le défunt était si ro-
buste et si...

Anastasio se décida à lâcher l'écluse au torrent de menteries qu'il venait d'imaginer.

— Vous allez voir ce qui lui arriva; dé-
clara-t-il. — Et bien ! mon cher, mon excellent
homonyme était extraordinairement affectionné...

— Je devine ce que vous allez me dire, interrompit l'ecclésiastique ; il était très affectionné à
la chasse.

— Précisément ! répéta Anastasio... à la
chasse !

— J'ai fait de nombreuses battues avec lui.

— Ça ne me surprend pas !

— Parce que, moi aussi, j'aime beaucoup à
chasser; beaucoup !

— Oui, je le sais. Je vous disais donc que,
grâce à cette passion effrénée pour la chasse, il
se leva un jour de très grand matin, passa sa
veste et prit son chapeau...

Nouvelle interruption du curé:

— Un chapeau mou, en feutre blanc, à bords très larges, n'est-ce pas?

— Parfaitement! un chapeau phénoménal.

— Je m'en souviens à merveille.

— Il s'habilla, vous disais-je, prit son fusil, appela son chien anglais...

— Hombre! voilà qui m'étonne beaucoup!

— Quoi?... Qu'il appelât son chien?...

— Mais oui; parce qu'il n'avait aucun chien anglais.

— Pardon, mon ami, il avait un chien anglais magnifique. Je lui en avais fait cadeau.

— Ah! très bien! Et c'était sans doute un de ces fameux chiens à double nez?

— Triple ou quadruple! Un chien phénomène qui parlait l'anglais et savait broder sur du canevas.

— Que me racontez-vous là?

— Ce que vous avez entendu.

— Et où vend-on donc de ces chiens-là?

— A Paris. En voulez-vous un? Je pense revenir bientôt là-bas.

— Hombre ! oui, je vous serais bien reconnaissant.

— C'est dit, je vous en ramènerai un. Il y en
a même là-bas qui écrivent dans les journaux,
qui sont électeurs, et...

Le curé était abasourdi.

Anastasio cherchait à lui faire oublier le principal sujet de la conversation ; mais il ne put y
réussir, car le prêtre reprit :

— Veuillez continuer la relation du malheur
arrivé à notre pauvre ami. Il sortit donc de
chez lui...

— Quoi !... Non señor ; c'est là le plus terrible.
S'il avait au moins eu le plaisir de mourir en
assassinant...

— Hein ?

— En tuant deux ou trois lièvres, allais-je
dire.

— A la bonne heure !

— Voici ce qui arriva : la servante de la maison...

— La Antonia ?

— Justement ? Cette Antonia avait, la veille au
soir, placé dans la cour, juste au pied de l'escalier, un énorme baquet plein d'une terre très
molle et très humide, où elle se proposait de
planter, le lendemain, du basilic comme ornement. Don Anastasio descendait en appelant son
chien. Le pauvre animal répondit en montant
précipitamment l'escalier. Il faisait des sauts de
joie et balançait la queue de plaisir. Mais il faisait encore très peu clair à cette heure, et mon
bonhomme, sans s'en rendre compte, trébuche
sur le chien qui passe à travers ses jambes ; il
perd l'équilibre, roule sur les degrés, tombe sur
le baquet et s'enfonce la tête dans la boue.

— Jésus !

— La chute fait partir son fusil.

— Et il fut blessé ?

— Non ; attendu que la balle alla tout droit
casser le nez à un Garibaldi de plâtre qui se trouvait au rez-de-chaussée.

— Hombre ! je m'en réjouis !

— La chose ne finit point là. Le chien aboyait

comme un damné. Don Anastasio se releva en jurant et se mit à courir comme un furieux. Mais, comme il avait les yeux tout pleins de terre, il prit la direction, non de la porte, mais d'une fenêtre à l'appui très bas, mit le pied en avant, et patatras! il tomba dans le puits.

— Dans le puits !

— Tout comme je vous le dis.

— Mon cher, cela me semble impossible!

— C'est arrivé, cependant, On le tira de dans un état qui faisait pitié.

— On le remonta estropié?

— Estropié? Non, mon brave ami.

— Comment, alors?

— On le remonta mort.

— C'est ce que je me disais à moi-même.

— Vous imaginez quel malheur pour sa famille.

— Sans doute.

— La pauvre veuve pleura comme une Madeleine; et même à présent, elle ne peut plus regarder un puits sans que ses yeux se changent en deux barils de larmes.

— Un tel malheur méritait bien des pleurs;
mais voyons... il me semble, en fin de compte,
qu'elle n'a pas beaucoup tardé à se consoler.

— Peuh !...

— Pourtant son mariage avec vous... hein?

— La gratitude, très cher, la gratitude. Notre
noce a été une noce toute spéciale.

— Racontez-la-moi; racontez...

— Je m'étais chargé de m'occuper des funé-
railles du défunt; je fis en sorte que cette catastrophe inattendue ne nuisît en rien aux intérêts
de la maison. En un mot, je me comportai de
elle façon que Teresita me témoigna quelque
affection; et un jour, je lui déclarai que je l'ai-
mais pour le bon motif.

— Eh! bien, señor, dit le brave homme de
curé en projetant en l'air une bouffée de fumée,
je me réjouis de toute mon âme qu'il se soit
présenté cette nouvelle occasion de vous offrir
tous mes services, et je compte que votre épouse
et vous passerez près de moi...

— Pardonnez, mon ami, interrompit Anas-

tasio ; nous ne pouvons passer ici tout le temps
que nous voudrions. Pour rendre hommage à la
vérité, il faut vous dire que notre visite chez
vous est due au hasard, beaucoup plus qu'à
notre volonté. Nous nous sommes arrêtés à la
station plus de temps qu'il ne l'aurait fallu, le
train est parti sans nous attendre, et nous nous
sommes vus dans l'obligation de venir vous
déranger pendant quelques heures.

— En ce cas, reprit le curé, je ne saurais
vous permettre de me quitter avant demain.
Vous ne pouvez faire moins pour mon amitié
que de m'accorder un jour. Il ne manquerait
plus que de me refuser cela !

Anastasio réfléchit quelques instants.

D'un côté, il lui semblait bien violent de jouer
un second tour à Teresa en l'obligeant à retar-
der son voyage jusqu'au lendemain.

D'autre part, le désir de poursuivre jusqu'au
bout l'aventure commencée le poussait à laisser s'écouler le temps, sans que la voyageuse
pût s'en rendre compte ; pour lui dire après ce

qu'il lui avait dit avant : « Le mal est sans remède ; attendons le train qui passera demain à la
première heure. »

Il opta pour la seconde combinaison.

— J'accepte votre aimable hospitalité, dit-il
au prêtre.

— Très bien ! repartit ce dernier ; mais il est
déjà temps de vous reposer ; je vais dire mes
prières. Nicolasa vous conduira dans la chambre
de votre femme. Dormez bien tous les deux. A
demain, s'il plaît à Dieu !

— Bonne nuit ! répondit Anastasio.

Et il se laissa mener dans la chambre de sa
soi-disant conjointe.

Celle-ci, succombant sous le faix de tant et si
fortes émotions, s'était déjà couchée.

Mais elle devait bientôt en éprouver de bien
plus grandes.

Cela t'apprendra, ma fille, à plaisanter si facilement avec le premier voyageur venu.

VII

QU'AURAIT FAIT LE LECTEUR EN PAREIL CAS ?

Quand Anastasio pénétra dans l'appartement et qu'il vit Teresa couchée, il fit un geste qui devait vouloir dire :

— C'est décidé ; nous ne partons plus.

Et quand Teresa le vit entrer, elle s'entortilla dans les draps, et demanda d'une voix sévère et impérieuse :

— Où allez-vous, caballero ?

— Chut ! fit Anastasio, fermant la porte derère lui ; pas de cris surtout, chère amie ; ou tout va se découvrir, et produire un scandale dans le village.

Teresa baissa le ton et dit:

— Sortez d'ici !

— Mais...

— Tout de suite !

Anastasio sourit d'une façon particulière.

— La chose est sans remède ; exclama-t-il en s'installant sur une chaise, à respectable distance du lit. Prenons patience, et attendons le retour du soleil.

— Partirez-vous, oui ou non ? reprit Teresa, plus exaspérée que jamais. Malheureux ! vous m'avez placée dans une situation horrible, et mon mari saura tout, je vous l'assure.

— Non, señora ; un mari ne doit jamais savoir certaines choses. D'ailleurs, pouvez-vous m'assurer qu'il n'a point oublié ce qu'il vous doit pendant que vous étiez absente ?

— Eh !... répondit Teresa, comme si elle pensait : « C'est bien possible. »

Mais, presque aussitôt, elle fit un nouveau

mouvement comme pour ajouter : « Il est trop laid pour qu'on veuille de lui. »

Anastasio reprit alors la parole :

— Teresita, dit-il, cette aventure doit nécessairement avoir un dénouement. Si je ne passe pas la nuit dans cette chambre, le bon curé et sa gouvernante penseront que nous formons un de ces ménages qui ne sont que trop à la mode. Ainsi donc, je ne bouge pas d'ici, ou pour mieux dire, j'en bouge...

Et il fit un pas du côté de Teresa.

— Arrière ! cria-t-elle.

Et elle se pelotonna de plus belle.

— Ne criez donc pas, dit Anastasio.

Et Teresa se tut de terreur.

D'abord, il entendit la respiration entrecoupée de la jeune femme.

Puis il perçut un gémissement, puis un autre, puis des plaintes successives.

Enfin, il vit Teresa s'agiter avec une violence croissante, et ne put plus douter que la pauvre dame était en proie à une convulsion, mais à une convulsion des plus horribles.

Qu'est-ce qu'allait faire Anastasio dans un danger si pressant?

L'affaire se compliquait de la plus lamentable manière.

Rien n'aurait été plus simple que d'appeler la servante du curé, ou le curé lui-même.

Mais Teresa semblait si décidée à ne pas soutenir plus longtemps le rôle conjugal qu'il lui avait imposé, qu'Anastasio eut peur d'une catastrophe.

En ce moment la lumière s'éteignit.

Teresa trépignait et se tordait de plus en plus.

Anastasio n'avait pas d'allumettes.

Il devenait urgent de secourir la malade.

Il tâta la muraille pour trouver la porte, qu'il ouvrit sans faire de bruit. Puis il se dirigea sur la droite, les mains tendues devant lui pour se garer des obstacles.

La maison était tout entière plongée dans une obscurité inquiétante.

Cependant Anastasio crut distinguer au loin un reflet de braise.

— Là doit être la cuisine, pensa-t-il.

Et il avança dans cette direction sur la pointe des pieds.

Sans se rendre compte de ce qu'il faisait, vu qu'il était déjà très bouleversé, il avança la main vers le charbon.

Un long grognement se fit entendre, et Anastasio sentit qu'on lui égratignait le nez.

Ce qu'il avait pris pour des étincelles n'était autre chose que les prunelles du chat de la maison, lequel avait trouvé divertissant de sauter à la figure du noctambule.

Désespéré, confus, défiguré, Anastasio tremblait à faire pitié. Il étendit les mains de nouveau, et continua son chemin en cherchant à tâtons la lumière tant souhaitée.

Il fit quelques pas et reconnut une porte.

— Ce doit être ici, murmura-t-il.

Et il ouvrit sans hésiter.

Toujours même obscurité, toujours même
silence.

Il fit trois pas de plus et entendit une faible
plainte.

Alors, il calcula qu'il se trouvait de nouveau
dans la chambre de Teresa.

Il étendit la main, la baissa... et saisit un
visage !

Il n'avait pas eu le temps de se rendre compte
de cette rencontre, quand il reçut, sur sa propre
face, un coup de poing si magistral qu'il se sentit inondé de sang.

— Aïe !!!! cria-t-il sans pouvoir contenir
plus longtemps sa colère et sa souffrance.

Et il se mit à manœuvrer des bras à droite et
à gauche, tout en vociférant :

— Où est le traître qui m'a touché ? Je le pour-
fends !

— Aïe ! Au secours ! au secours ! exclama une
autre voix.

C'était la gouvernante de la cure à qui Anastasio avait donné un soufflet des mieux appliqués.

— Ici! señor curé! ici! on m'assassine! clamait la servante.

— Ici! c'est ici! disait Anastasio, en se tâtant le visage, c'est ici que tu m'as blessé, vilaine! méchante friponne!

— Halte là! répliqua une troisième voix. Je tire sur le premier qui bouge.

C'était la voix du seigneur curé qui arrivait, armé jusqu'aux dents.

Anastasio, se voyant perdu, attrapa à tâtons une chaise et la lança devant lui; puis, il accrocha par hasard une table, et la poussa vivement du côté d'où semblait venir la voix du prêtre; et ce dernier, qui ne s'arrêtait pas pour des vétilles, se mit à tirer du pistolet à droite et à gauche, et à crier:

— Au feu!... Aux voleurs!... Au secours, voisins!... Il y a vingt hommes chez moi! Au secou-ou-ours!

Le chat grondait, la gouvernante pleurait, Anastasio blasphémait; et dans sa chambre, Teresa, en proie à une convulsion de plus en plus forte, se tordait et trépignait de rage et de douleur. Tout n'était que bruit et confusion, obscurité, ténèbres, clameurs, tempête. C'était la *fin du monde*, comme on dit au village.

Mais le voisinage éveillé fit irruption dans la cure.

Un des plus courageux parmi les habitants du village se détermina à passer par la fenêtre, et pénétra dans l'appartement avec un *trabuco* à canon évasé dans une main, et une lanterne accrochée à sa ceinture.

On put contempler alors l'aspect que présentait la chambre.

La servante était sous le lit, avec la tête enfoncée dans la table de nuit.

Le curé, en caleçon court, les jambes écartées comme un grand A, son fusil prêt à tirer, occupait toute la largeur de la porte.

Anastasio, les cheveux sur les yeux, la figure ensanglantée, et le nez aussi gros qu'un melon, se faisait un bouclier d'un bassin tombé entre ses mains.

Le chat était grimpé sur un saint Joachim de bois.

Dieu permit que le calme se rétablît enfin.

Les voisins se retirèrent, après avoir offert leurs services en toute urbanité et courtoisie.

Le digne curé, pris d'une défiance très visible, enjoignit à son hôte d'avoir immédiatement à vider les lieux.

Anastasio essaya de se disculper, et de dire... Qui peut savoir ce qu'il aurait dit! Mais le desservant n'écoutait point ses raisons, et Teresa, qui avait fini par recouvrer ses sens et s'était habillée en toute hâte, demandait aussi à s'en aller sans perdre un moment.

Il fallut donc, par force, partir sans faire de paquets.

Anastasio marchait en grinçant des dents; et sans s'occuper aucunement des reproches que Teresa formulait avec une nouvelle aigreur, il grommelait avec une conviction profonde :

— Non!... la main qui m'a donné ce soufflet était vraiment par trop lourde.

6

Et sa pensée ne s'écartait plus de ce souvenir.

. . . .

. . . .

. . . .

VIII

SUITES DU DÉSESPOIR DE DON ANASTASIO
LE DISGRACIÉ.

Pendant que les événements ci-dessus racontés se succédaient à la cure, un homme emmitouflé dans un large manteau, — encore plus long qu'il n'était large, — était arrivé dans la gare du chemin de fer où commença notre histoire ; et cet homme avait adressé plusieurs questions aux employés.

Comme il était près de minuit et qu'il était venu à pied, ce voyageur inspira des soupçons aux deux gendarmes de garde.

Aussi vinrent-ils lui demander, avec une
gravité pleine de menaces, ses preuves d'iden-
tité.

Mais l'individu en question avait prévu le
cas.

Il exhiba la pièce voulue, et la montra aux
gendarmes.

Puis il traversa la station dans toute sa lon-
gueur, et pénétra dans la maisonnette de l'aiguilleur.

On le vit ensuite s'engager à grands pas sur
la voie ferrée, marcher en pleins champs dans
plusieurs directions, et secouer la tête d'une
façon qui ne laissait aucun doute sur l'état de
son esprit.

Finalement, il prit la route du village.

L'homme le moins observateur eût compris,
au premier coup d'œil jeté à celui qui nous
occupe, qu'il cherchait quelque chose.

— Est-ce que vous auriez perdu quelque objet?
lui demanda un aiguilleur.

— Oui señor! ma femme!!!... cria le cher-
cheur désespéré.

Le lecteur imagine sans peine qui était ce
noctambule.

Pauvre don Anastasio !

Pauvre Anastasio deuxième!

Il était venu pédestrement, de son village,
s'informant de ce qui était arrivé à sa chère
femme.

Juste dix minutes après la catastrophe
arrivée dans la demeure du curé, don Anastasio
sortit par la même porte qui avait livré passage
à sa moitié et à son homonyme.

O mortel infortuné! quelle fatalité t'empêcha
de les rencontrer sur la route?...

Que n'es-tu resté sur le seuil de la gare quelques instants de plus! Tu les aurais vus venir
côte à côte, et se donnant le bras!...

Le silence s'était rétabli, le calme régnait de
nouveau dans le village, quand l'inconnu frappa
à la porte du presbytère deux coups retentis-
sants.

La servante du curé, qui n'était remise qu'à demi des émotions de la soirée, supposa qu'Anastasio venait recommencer les mêmes plaisanteries.

Sans consulter son maître sur la conduite à tenir, elle courut à la cuisine s'armer d'une cruche remplie d'eau.

Puis elle ouvrit la fenêtre donnant sur la rue et demanda :

— Est-ce don Anastasio ?

— Oui, répondit l'autre, comme pour dire : « Dépêchez-vous d'ouvrir ! »

A peine avait-il articulé le *oui* fatal, que la gouvernante lui administra la plus épouvantable douche qu'ait jamais reçue un chrétien.

Qui pourrait peindre le désespoir de cet excellent homme, quand il se vit ainsi changé en grenouille ?

En vain, je tenterais de le décrire.

Don Anastasio criait, aboyait, mugissait... oui, lecteur, il beuglait comme un taureau.

— Ouvrirez-vous, mandite inconvenante ? clamait-il. Ouvrez donc, pour que je fasse votre éducation à coups de trique.

La servante se dit tout bas :

— Caramba ! C'est que ce n'est pas la voix de l'autre ! Qui sera-ce donc ?

Et elle appela aussitôt le curé.

— Señor ! señor ! cria-t-elle... Il y a là un homme qui est don Anastasio, et qui n'est pas don Anastasio.

— C'est impossible ! fit le brave desservant. Ou c'est lui, ou ce n'est pas lui !

— Alors, venez vite voir vous-même !

L'ecclésiastique courut à la fenêtre.

— Qui va là ? demanda-t-il.

— C'est moi ! Don Anastasio Botin !

— Jésus !... exclama le curé faisant un grand pas en arrière, et tombant à demi évanoui dans les bras de sa gouvernante. — C'est une âme du Purgatoire ! Don Anastasio ressuscité. Donne-moi le goupillon, ma fille, donne vite le goupillon !

Et la servante courut, rapporta le goupillon,

et le curé, revenant à la fenêtre, commença les exorcismes en disant :

Fugite ! Fugite !

— Gardez vos *fugites* pour vous? cria Don Anastasio aussi furieux qu'une panthère : ouvrez la porte tout de suite et ne me faites pas perdre patience; je ne suis pas venu ici pour m'amuser.

— Mais, homme du bon Dieu ! clama le curé toujours à la fenêtre, est-ce que vous n'étiez pas mort?

— Hombre !... ne me poussez pas à bout...

— En êtes-vous bien sûr, don Anastasio? Etes-vous réellement en vie? demanda la servante.

— Sur l'âme de mon père ! j'en ai par-dessus les oreilles !...

Et, ce disant, le mari désespéré se mit à lancer des pierres à la gouvernante, et lui eût infailliblement cassé la figure, si elle ne s'était précipitamment reculée.

A la fin, l'excellent curé, voulant obtenir une explication pacifique, s'écria :

— Arrêtez le feu ! parlons tranquillement.

Don Anastasio cessa de lapider la maison.

— Voyez-vous, commença-t-il, je me trouve dans une situation désespérée. J'arrive à pied de mon village... parce qu'il m'est arrivé le plus grand des malheurs.

— Je le crois bien !

— Que voulez-vous dire par ce : je le crois bien ?

— Que c'est effectivement un fort grand malheur que de mourir.

— Revenez-vous à vos plaisanteries de tout à l'heure ?...

Et don Anastasio ramassa une pierre sur le sol.

— Non, mon ami, non ! continuez votre récit.

— Très bien ! ouvrez-moi d'abord la porte.

— Jamais de la vie ! protesta tout bas le curé. Puis il ajouta tout haut :

— La vérité est que la clef a été empor-
tée...

Vous devez bien savoir par qui?

— Qui ça?

— Par qui? mais par votre femme.

Cette phrase fut un trait de lumière pour le
malheureux don Anastasio.

Lui qui, n'ayant pas trouvé sa femme à la
gare, était venu frapper chez le curé, le seul ami
qu'il eût dans ce village, afin de se reposer
en attendant le jour, comment eût-il pu imaginer
qu'il trouverait précisément au presbytère des
nouvelles de celle qu'il était venu chercher?

— Que me racontez-vous là? demanda-t-il stu-
péfait.

— Ce que vos oreilles entendent.

— Ma femme est venue ici?

— Oui, señor.

— Seule?

— Non.

— Avec qui?

— Avec son mari.

— Quel mari? et quelles billevesées ?... puisque j'arrive à l'instant.

— Pourtant, elle avait un mari.

— Et quel est son nom ?

— Son nom, à elle ? Teresa! Ne le savez-vous
pas ?

— Celui du mari, hombre! de cet individu que
vous appelez son mari!

— Bon!... mais il s'appelle Anastasio.

— Mon bonhomme, si je n'avais égard à votre
profession, et à l'état malheureux où je me
trouve, j'aurais déjà mis le feu à votre maison.

— Peste !

— C'est évident! Je comprends que vous
voulez vous moquer de moi. Mais je ne suis pas
de ceux dont on se moque!

— Mais, puisque je vous répète que votre
femme est venue ici, tout à l'heure ; avec un ami
à moi, homme très convenable, qui m'a appris
qu'il l'avait épousée depuis peu, et que vous étiez
tombé dans un puits.

— Et où sont-ils, où sont maintenant ces in-
fâmes ?

— Ils sont partis.

— Combien de temps y a-t-il.

— Un quart d'heure.

— Bonsoir !

— Bien du plaisir !

Et don Anastasio se mit à courir comme un
fou, pendant que le curé fermait la fenêtre, en
disant à sa gouvernante :

— Allons nous reposer; et qu'ils s'arrangent
à leur guise! Et je consens à ce que deux cents
diables m'emportent si j'ouvre la fenêtre une
fois de plus, cette nuit!

IX

LA FARCE CONTINUE

Teresa était partie du presbytère dans un tel état d'agitation, qu'elle pouvait à peine se rendre compte de ce qui se passait autour d'elle.

En dépit des nombreux motifs d'humeur que lui avait donnés son compagnon de voyage, elle s'appuya sur son bras et lui demanda plusieurs fois :

— Arriverons-nous à temps ?

— A temps... pour quoi faire ?

— Pour pouvoir prendre le train de minuit.

— On fera son possible.

Et ce disant, Anastasio se dirigea vers le ruisseau voisin, pour se laver le visage qu'il avait encore tout couvert de sang.

Employons le temps qu'il y passe à donner un dernier coup de pinceau au portrait de don Anastasio :

Mes lecteurs auront pu déjà juger à leur fantaisie le caractère de ce bizarre personnage.

Néanmoins, l'auteur ne se croit point dispensé de dire ce qu'il a laissé jusqu'ici au fond de son encrier.

Anastasio était un de ces hommes chez qui l'amour est moins une passion qu'une maladie, ou qu'un vice pareil au vice de fumer et de ne pouvoir manquer une course de taureaux.

Toujours prêt à s'enamourer à la surface, et toujours enclin à s'en dégoûter en même temps, il se trouvait constamment dans l'obligation involontaire de s'éprendre, à première vue, de toute femme que le hasard plaçait à portée de son caprice.

En dépit de son caractère décidé, allègre et espiègle, il était très malheureux.

Et son malheur principal, l'immense malheur de sa vie, consistait en ce que, dans une occasion où le dégoût lui vint moins vite que de coutume, il commit la sottise de se marier.

Oui, lecteur, Anastasio était marié; marié à une femme enchanteresse qui répondait au nom de Luisa.

Peu de temps après son mariage, la satiété arriva, et notre homme pensa au divorce.

Mais ses amis lui firent observer que le divorce prêterait à la médisance, et cela le dissuada de son projet.

Il prit un parti bien pire.

Fatigué de sa femme, et d'autant plus prédisposé à s'éprendre de toutes les autres, il vécut avec la première pour éviter les murmures du monde; mais il aima celles d'autrui, sans s'inquiéter autrement de ce que le même monde en pourrait dire.

Il y a des femmes qui supportent, avec la patience d'un martyr, les infidélités de leur mari.

Mais il en est d'autres qui n'entendent point de la même oreille et qui rendent à leur conjoint toute la monnaie de sa pièce.

Louise appartenait à la première catégorie.

Elle aimait, elle adorait son mari ; et elle souffrit, avec une résignation héroïque, les écarts de ce mauvais garnement.

Tous les garnements ont du bonheur !

Luisa n'aurait-elle pas dû lui rendre le mal pour le mal?

Anastasio professait une maxime toute spéciale.

— C'est ce que j'ai toujours dit ! murmurait-il. Les femmes sont les êtres les plus capricieux de la terre. Il n'est rien de tel que de se montrer à elles sous le jour de l'originalité et de la bizarrerie pour qu'elles s'attachent à vous.

Ces premières paroles d'Anastasio feront comprendre au lecteur pourquoi, lorsqu'il avait entrepris la conquête de Teresa, notre héros avait commencé par lui découvrir entièrement le côté fâcheux de son caractère, au lieu de se faire passer pour un homme véritablement passionné, capable de n'aimer qu'une seule femme, d'un bout à l'autre de sa vie.

Il avait la confiance que la description qu'il avait faite de lui-même lui attirerait les sympathies de la voyageuse.

Et... qui le sait?... Qui le sait? — Peut-être bien qu'Anastasio ne s'était pas trompé tant que ça !

X

L AFFAIRE S'AGGRAVE

Nos deux amis arrivaient à la gare; Teresa, plus que jamais boudeuse, et Anastasio plus que jamais soucieux.

Le train attendu parut au même instant, et les employés annoncèrent trois minutes d'arrêt.

Anastasio courut au guichet des billets, et dit précipitamment :

— Deux premières pour Morata, s'il vous plaît?

On lui remit aussitôt les deux carrés de carton.

Teresa était déjà montée dans un wagon.

Anastasio la cherchait dans l'obscurité et l'appelait tout haut :

— Ici ! répondit-elle.

Son compagnon monta à côté d'elle, et le train s'ébranla en même temps.

Anastasio n'osait plus rien dire.

Teresa gardait le silence.

Aucun des deux ne savait comment renouer l'entretien.

Aucun des deux ne savait comment se disculper vis-à-vis de l'autre.

Et la vérité est qu'ils avaient à se disculper également tous les deux.

Lui songeait :

— Que pourrais-je bien dire à cette femme, à présent que je l'ai compromise, et que je l'ai forcée à jouer un si mauvais rôle à l'égard de son mari.

Elle pensait :

— Qu'est-ce que je trouverais à dire à cet homme, puisque la responsabilité de tout ce qui est arrivé m'appartient? La vérité est que, si je n'avais pas autant fait attention à lui, j'aurais poursuivi mon chemin, et je serais maintenant bien tranquille chez moi, auprès de mon mari.

Tous les deux avaient raison.

Le silence ne semblait pas devoir se rompre de si tôt.

Anastasio respira fortement.

Teresa paraissait sangloter.

Comme la nuit était obscure, grâce à l'écran importun qu'un nuage venait de placer devant la lune, nos deux personnages ne purent remarquer leurs compagnons de voyage.

Il y en avait deux, cependant. Deux qui dormaient, ou feignaient très bien de dormir.

C'étaient un homme et une femme.

Et cette femme, et cet homme-là, exécutaient un duo avec la locomotive; celle-ci faisant *tric-trac, tric-trac,* et les autres répondant par le *grrr! grrr!* de leur ronflement.

Qu'un ronflement est donc chose poétique! Qu'en pensez vous, ami lecteur?

. . . .

La veilleuse du wagon était — suivant les us et coutumes, — à peu près éteinte.

Ces wagons des chemins de fer espagnols sont on ne peut plus confortables.

La lumière n'empêche jamais les gens de s'y endormir.

Teresa continuait ses tristes réflexions.

Anastasio, *idem*, *idem*.

Il commençait à ne pas déplaire à sa compagne.

Et il y avait déjà longtemps que la dame lui plaisait vivement.

Car, il ne faut pas nous illusionner davantage :

Après tant d'heures passées côte à côte, au milieu de tant d'émotions et de fatigues, il était naturel qu'ils se fussent attachés l'un à l'autre.

L'affection naît des bons procédés, affirme le proverbe.

Teresa s'accommodait déjà très bien de la fran -

chisé d'allures d'Anastasio, et du *sans-façon* (1)
d'Anastasio, et des yeux d'Anastasio, voire
même des moustaches et de la barbiche d'Anastasio.

En un mot, tout ce qui appartenait à Anastasio l'intéressait de plus en plus.

Il n'y avait rien à faire à cela.

Et quant à Anastasio, il pensait, pensait, pensait, sans pouvoir cesser de penser.

Cette femme, rencontrée par hasard, de cette
manière, en de telles conditions ; cette femme
paraissait sensible ; elle semblait bonne ; elle
n'avait rien de rustique dans les manières ; —
il s'en fallait bien ! — et, de plus, elle avait
la conversation agréable.

— Quelle pitié que cette femme soit enterrée
dans un village ! Quel dommage qu'elle soit
mariée avec ce vieux Cassandre !... se disait
Anastasio.

Bientôt... Teresa commença à voir passer
devant elle des figures sinistres.

(1) En français dans le texte.

Elle voyait son mari, en manches de chemise, mais ayant la tête d'un sanglier. Il tenait un bâton à la main et courait de côté et d'autre, en lançant d'affreux grognements.

Elle voyait, autour d'elle, un cercle formé par ses amies qui riaient toutes à se tordre.

Et dans les airs, blanche, très blanche, une femme étrange et mystérieuse dans laquelle il lui semblait se reconnaître, et qui envoyait de la main un baiser à un jeune homme tout à fait charmant, qui se montrait dans le lointain...

. . . .

Anastasio, de son côté, était fasciné par mille visions bizarres.

Il se voyait entouré d'une ronde de femmes dont il reconnaissait les visages.

C'étaient ses amies du vieux temps.

Toutes l'accablaient d'insultes, en lui montrant des lettres, des portraits, ou des mèches de cheveux.

Mais il n'en faisait aucun cas.

Il avait les yeux captivés par une figure à

demi voilée dans un étrange brouillard, une figure qui était le fidèle portrait de Teresa.

Anastasio voulait avancer vers elle, mais il ne pouvait y arriver, parce que certains doigts effilés et nerveux lui serraient la gorge et lui brisaient le cou.

C'étaient les doigts d'une femme !

De la sienne ! !...

Anastasio voulait crier ; mais il n'émettait aucun son, et la figure voilée et mystérieuse s'éloignait un peu, un peu plus... encore plus...

. . . .

Tout à coup, un choc et un bruit éveillèrent Teresa et son compagnon.

Ils s'étaient endormis tous les deux.

Lorsqu'ils ouvrirent les yeux, un torrent de lumière inondait le paysage.

— Où sommes-nous ? fut la première question de Teresa.

Mais avant qu'Anastasio eût pu répondre, on entendit crier sur le quai :

— Trois minutes ! *Vallécas !*

Que le lecteur s'imagine quelle figure fit la malheureuse !

Elle était à trente lieues de son village.

Une demi-heure encore, et elle arrivait à Madrid.

Anastasio pensa mourir sur le coup.

Mais il ne mourut pas, — pas le moins du monde !

Il faut convenir que ce qui se passa depuis ce moment mérite bien les honneurs d'un chapitre.

XI

RIEN D'UN HOTEL MEUBLÉ !

— Voyez-vous, caballero, il ne m'est encore arrivé avec personne ce qui m'arrive avec vous ; et tenez pour certain que ce qui peut se produire bientôt vous coûtera très cher.

Cela était dit par Teresa, à haute voix et en lançant des éclairs par les yeux.

Il résulta de cette sortie que les autres voyageurs du wagon s'aperçurent immédiatement du désaccord régnant entre nos amis.

L'homme qui ronflait consciencieusement

quand Anastasio et Teresa étaient montés dans cette voiture, se retourna pour les mieux voir, et fit une mine qui paraissait signifier :

— Sommes-nous assez renseignés ?

La dame regarda Teresa, avec un geste qui aurait pu se traduire exactement par cette exclamation :

— Jésus ! que cette femme est vulgaire !

Et pour ce qui concerne Anastasio, il se sentit si désastreusement mis en évidence qu'il ne savait plus que dire.

Et pour sortir d'embarras, il ne trouva rien de mieux que de jeter la pierre à son voisin le rondeur.

— Qu'est-ce qu'il y a ? qu'est-ce que c'est ? demanda-t-il en s'adressant au voyageur inconnu. Qu'est-ce que vous avez fait à madame ?

— Moi ? s'écria l'autre.

— Oui señor, vous-même !

— Est-ce que vous m'avez parlé, señora ?

— Non señor, répondit Teresa, je me suis adressée à cet homme qui ne sait comment s'excuser. Figurez-vous que je revenais dans mon village qui se trouve à la moitié de ce chemin : ce señor m'a retenu au buffet d'une station ; il m'a fait perdre du temps ; et maintenant, il m'é-loigne de chez moi et veut me cacher dans Madrid. C'est une infamie ! N'est-ce pas vrai, caballero ? n'est-ce pas vrai, señora ?

— Imaginez-vous, dit à son tour Anastasio, que madame s'est endormie pour ne se réveiller que tout à l'heure. Est-ce ma faute si elle avait sommeil ? Il me semble bien que non. Ai-je tort, caballero ? — N'ai-je pas raison, señora ?

Les deux voyageurs se mirent à rire sans répondre.

— Voilà comment tous les hommes abusent de nous ! cria Teresa.

— C'est la pure vérité ! répliqua la dame.

— Ne jugez pas si vite ! dit Anastasio.

— Ce sera selon... fit le voyageur.

— Señores ! s'écria Anastasio se levant tout d'un coup, en jetant son chapeau derrière lui, tout offre matière à discussion dans le monde.

Cette señora, que vous voyez avec moi, est une dame charmante et très aimable, ainsi que vous pouvez le constater facilement. Elle m'a plu, oui señores, elle m'a beaucoup plu; elle a fait de moi ce que les gens intelligents appellent un homme perdu. Fort bien ! — Absorbé par son agréable conversation, j'oubliai que le train allait repartir. Au moment où nous y pensions le moins, la machine se mit à faire *pouf! pouf! pouf! pouf!* et nous planta là, avec des mines longues d'une aune. Incident grave ! empêchement imprévu ! terrible contretemps ! Nous fûmes obligés d'attendre le train de nuit ; mais voilà que lorsqu'à minuit, le train arrive, et que nous réussissons heureusement à nous y colloquer Morphée, — ce vaurien de Morphée, que vous devez, je n'en doute point, connaître personnellement, — s'empare de cette dame... Ah ! señores, par quels termes pourrais-je exprimer l'anxiété qui envahit mon cœur en songeant au préjudice que j'ai causé à cet ange ! Car cette señora est un ange ! Et vous, belle voyageuse,

qui m'écoutez en ce moment, vous êtes un
ange aussi; et vous-même, caballero, vous
êtes aussi un petit angelet mignon, j'en suis
sûr !

Un éclat de rire général interrompit le discours de notre héros.

Il n'y eut pas jusqu'à Teresa qui, ne pouvant se
contenir plus longtemps, s'associa à cette hilarité unanime. Anastasio riait déjà à faire éclater
ses habits sur toutes leurs coutures.

Bref, l'entretien qui avait commencé par une
querelle s'achevait en plaisanterie, au milieu
d'une gaîté si bruyante qu'elle confinait au scandale.

— Allons ! c'est inutile de lutter ! dit Teresa.
Il n'y a pas moyen de se fâcher avec cet homme-
là.

— Quelle charmante humeur ! qu'il est amusant ! disait le voyageur.

— Quel esprit ! que d'à-propos ! disait la
dame.

— Et vous allez à Madrid?

— Par force ! exclama Teresa.

— C'est aussi ce qui m'arrive ; dit la señora.

Et s'adressant à son compagnon :

— N'est-ce pas vrai, don Felipe ?

— Vous vous appelez don Felipe ? demanda
Anastasio. Hombre ! voilà qui est bien ! C'est
une fameuse idée. Ainsi, vous êtes don Felipe ?

— Est-ce que cela vous contrarie ?

— Comment ! je vous envie, don Felipe !
Quelle félicité est la vôtre ! Et depuis quand
vous appelez-vous don Felipe ?

— Parbleu ! depuis que je suis né.

— Bien heureux êtes-vous, vous à qui il a
plu de naître !

— Mais vous, hombre ! Vous êtes bien né
aussi, je présume ?

— Non, señor, non ; j'ai été forcé de naître.

La conversation devenait à chaque instant
plus gaie et plus animée.

Les voyageurs se prenaient d'amitié pour
Anastasio.

Don Felipe se plaisait à l'écouter.

Il riait avec tant d'entrain, que Teresa, l'autre dame, et Anastasio lui-même, riaient de le voir tant rire.

— Don Felipe, vous avez la tête d'un richard.

— Vous croyez...

— Oui, señor; vous avez la frimousse d'un millionnaire.

— Je ne suis pas trop mal loti, mais je ne suis pas si riche que...

— Regardez un peu comme votre femme rit.

— Cette dame n'est pas ma femme, caballero.

— Je suis veuve, caballero, dit celle dont on parlait.

— Vous êtes veuve?

— Veuve, oui.

— Et sans doute, parente de don Felipe, n'est-ce pas? Quand je vous le disais, que ce don Felipe est le filleul du bonheur.

— Non, señor, je ne suis pas parente de ce cavalier, je lui ai seulement été confiée...

— C'est vrai ! dit le voyageur.

— Ah ! très bien ! Et vous comptez rester
longtemps à Madrid ?

— Je me propose d'y demeurer toujours,
repartit don Felipe.

— Voilà qui est parfait. Pour y bien passer le
temps et vous divertir, n'est-ce pas ? Don Felipe,
vous êtes plus fort que Pic de la Mirandole.

— Ha ! ha ! ha !

— Moi, je ne ferai qu'y passer, dit la veuve,
parce que je dois repartir pour Séville qui est
ma patrie.

— Vous êtes Sévillane ?

— Oui.

— Vraiment !

Et Anastasio se rapprocha de la veuve.

— Sévillane ! s'écria-t-il, et veuve ! et jeune !
et jolie ! Señora, daignez m'accorder la faveur
de me regarder un peu en face.

— Hi ! hi ! hi ! hi ! faisait don Felipe en riant
si fort, qu'il dut soutenir son ventre de ses deux

mains. — Hi! hi! que cet homme est donc amusant!

La veuve riait de tout son cœur.

— Peste! quelles jolies petites dents vous me montrez là, señora! reprit Anastasio. Ne cessez pas de rire, je vous en supplie.

— Vous êtes bien trop bon!

— Sévillane! jeune! veuve! charmante! Tout ce qu'on peut désirer! Et comment vous appelle-t-on.

— Marie du Secours (1).

— Ah! Du secours?... Au secours, alors! au secours! se mit à crier Anastasio.

Et les voyageurs des wagons voisins commencèrent à montrer leurs têtes aux portières.

— Mais, qu'est-ce donc qui vous prend maintenant? dit la veuve.

— Je demande du secours! Il me faut du secours!

(1) *Secorro*, dit simplement le texte. Nous nous arrêtons à la version qui permet de rétablir le jeu de mots d'Anastasio.

— Ha ! ha !

— Hi ! hi ! hi ! hi ! Quel esprit plaisant a cet homme ! clamait don Felipe.

Et il s'étendit tout de son long sur sa banquette.

— Voyons, assez de farces comme cela ! disait la veuve.

— Laissez-le donc faire ! répondit don Felipe.

— Oui, laissez-moi ! répétait Anastasio.

Et la conversation continua, ainsi que les plaisanteries.

Teresa... l'auteur est bien forcé de l'avouer, Teresa enrageait bellement.

Mais ce n'était pas précisément parce qu'elle était si loin de chez elle, non !

C'était pour une chose... que le lecteur comprendra facilement.

Anastasio commençait à s'éprendre de la veuve.

Toute autre explication me paraît superflue.

Le train entra enfin en gare de Madrid.

Aussitôt se produisit le suprême tohu-bohu,

au milieu duquel les contrôleurs réclament les billets, les portes de la gare s'ouvrent à deux battants, les carabiniers font ouvrir les bagages, les familles se groupent près de la sortie, et les cochers d'omnibus ou de fiacre gesticulent et vocifèrent en offrant leurs services.

— Voyons donc, proféra don Felipe en tapant sur l'épaule d'Anastasio, je connais un bon gîte, vous savez, *un hôtel qui n'a rien d'un hôtel meublé*, un hôtel *qui ne reçoit point d'hôtes*, une maison excellente, où vous vous trouverez très bien.

— C'est là que je vais aussi, confirma la veuve.

— Nous de même, alors ! repartit Anastasio. Et se retournant vers Teresa :

— Hein?...

Teresa haussa les épaules.

Dix minutes plus tard, une voiture à quatre places conduisait les voyageurs au numéro 40 de la rue de la Reina.

XII

CHOSES DE CŒUR ET CHOSES DU MONDE

Ainsi donc, lecteur, voilà notre Teresita à Madrid.

Qui lui aurait prédit une chose pareille ?

Qu'est-ce qui lui eût fait pressentir, — à elle qui s'en revenait prosaïquement de prendre les eaux d'Alhama pour recommencer à Morata sa végétation coutumière, — cette visite à la capitale ?

Morata, où elle devait se rendre, est un tout petit village calme et paisible, où le mari de Teresa passait pour un très grand personnage et jouissait d'une estime et d'une considération unanimes.

L'auteur ne se permet ni de blâmer ni de louer son héroïne. Il laisse au bon sens de ses lecteurs des deux sexes le soin de la censurer ou de l'applaudir, et se borne à continuer son récit.

L'immeuble où allèrent descendre les quatre voyageurs était un de ces établissements hospitaliers que recommande journellement *La Correspondencia* en termes inintelligibles :

CE N'EST PAS UN *hôtel* OU L'ON REÇOIT DES

hôtes.

Non seulement je ne comprends pas cette annonce, mais je soupçonne fort que je ne la comprendrai jamais. Ces maisons-là accueillent les étrangers, les nourrissent (du moins il faut le croire), et cependant *ce ne sont pas des hôtels* à l'usage *des hôtes*.

Qu'est-ce que cela pourrait bien vouloir dire?

Une fois pourtant, je me suis cru sur le point de découvrir un sens à cette énigmatique réclame. Il m'arriva de prendre une chambre dans un asile ainsi qualifié, et je pus me convaincre aussitôt que ce n'était point un *hôtel* pour *hôtes*. C'était un hôtel pour *hôtesses*.

Je calomnierais gravement le logis dans lequel s'installèrent Teresa et ses compagnons, si je le rangeais dans la catégorie de celui où je fis cette découverte repoussante.

Il faut reconnaître, au contraire, que c'était une maison assez convenable et dans laquelle nichaient déjà un certain nombre de dames et de cavaliers.

Nos voyageurs arrivaient très fatigués.

On logea Teresa dans une chambre qui prenait jour sur cour et sur rue.

Anastasio eut la chambre à côté.

Don Felipe occupa celle dont la fenêtre ouvrait sur la cour vis-à-vis la porte de l'appartement de Teresa.

Enfin, la veuve s'installa à côté de don Felipe.

Je m'explique, car il importe que le lecteur
se rende un compte très exact de la disposition
des lieux. La maison avait une cour intérieure,
et les chambres de nos quatre personnages
avaient toutes une fenêtre sur cette cour, de
façon qu'il s'en trouvait deux de chaque côté.
Ce carré était fort petit, et la seule vue dont
pussent jouir les voyageurs accoudés à leurs
fenêtres respectives était celle d'un cheval que
le paléfrenier étrillait en chantant, et d'un puits
où les domestiques venaient tirer de l'eau pour
le service de l'hôtel.

Aussitôt que les quatre amis apparurent, la
patronne, — dame d'imposante tournure et d'in-
tarissable bavardage, — vint les accueillir et les
accabler de questions.

Teresa était silencieuse et comme absorbée.

Elle demanda ce qu'il fallait pour écrire et
commença une lettre.

Anastasio se débarbouilla, se peigna, et

changea d'habits en un moment. Puis, il alla jusqu'au seuil de la chambre de Teresa, et lui dit :

— Veuillez avoir la bonté de m'excuser, chère amie ; je sors, mais pour revenir immédiatement. Je suis forcé de me rendre chez un ami et d'aller chercher une lettre. A l'instant je reviens pour me mettre à vos ordres.

— Je n'ai besoin de vous en rien, caballero.

— Aïe ! Jésus ! Jésus ! Jésus ! comme vous êtes fâchée !...

— Tant que je resterai à Madrid, dans cet hôtel, et je compte bien que cela ne durera pas vingt-quatre heures, j'espère que vous me ferez là grâce de ne me pas fatiguer de votre présence.

Anastasio fit un léger salut et s'en alla en disant :

— A tout à l'heure !

Teresa se dit tout bas :

— Il s'en va !

Cela fait comprendre aux lecteurs à quel

point en étaient les choses dans son cœur : elle regrettait déjà qu'il partît.

La veuve achevait de remplacer par un costume de ville sa robe de voyage ; et du fond de son alcôve, elle regardait Teresa qui s'était assise devant une table, et se disposait à écrire.

Don Felipe s'était couché et ronflait bel et bien.

— Cette femme... pensait la veuve sans quitter Teresa des yeux, cette femme est très jolie.

Teresa ne regardait pas la veuve, non plus que la chambre que cette dernière habitait, mais elle pensait aussi :

— Cette veuve est très gentille.

Et elle en était tellement préoccupée qu'au lieu de commencer sa lettre par « mon cher mari », elle écrivit comme suit :

« Gentille, 15 juin. Ma chère veuve... »

Impatientée, elle déchira le feuillet.

Elle se sentait énervée.

— Dieu me sauve ! s'écria-t-elle. Que de sottises j'ai faites depuis hier soir !

La veuve murmurait :

— A qui peut-elle écrire ? Cette femme est bien extraordinaire ! Quand je songe qu'elle est venue de Morata à Madrid avec un inconnu !...

Teresa écrivait très lentement.

Elle commençait une lettre à son mari. Mais qu'allait-elle lui dire ?

La vérité est qu'elle ne sut que lui conter, et qu'elle laissa la lettre inachevée.

Elle tira le cordon de sonnette.

Aussitôt la patronne arriva.

— Que désirez-vous, señora ? Le déjeuner ?... De l'eau pour votre toilette ?...

— Non señora, non. A quelle heure y a-t-il un train pour Saragosse ?

— Comment ! est-ce que vous voulez partir ?

— Oui.

— Mais, señora !...

Et la patronne fut prise de soupçons.

— Oui, je veux repartir ce soir même.

— Comme votre mari m'avait dit que vous étiez venus pour un certain temps...

— Mon... mari ?...

— Parfaitement ! lui-même, señora.

— Eh ! bien, il s'est trompé. Enfin, laissez-moi, maintenant. Je sonnerai.

— Comme il vous plaira, señorita.

Et Teresa restée seule murmura :

— Allons ! je parierais qu'ici encore, il m'a fait passer pour sa femme.

— Comment allons-nous, ma voisine ? demanda, au même instant, la veuve sévillane, en se montrant à la fenêtre de la cour.

— Salut, señora ! répondit Teresa. Il paraît qu'on nous a logées l'une près de l'autre.

— Oui, comme si nous avions à nous faire la cour, n'est-ce pas ?

— En effet.

— Êtes-vous défatiguée ?

— Non, señora, et cela m'est impossible. Je ne pourrai prendre aucun repos tant que je ne serai pas rentrée dans mon village.

— Qu'est-ce qui vous presse à ce point?

— Je suis dans une impatience extrême.

— Quel malin que le sommeil! Si vous n'aviez pas dormi!...

— Ne m'en parlez pas, señora; ce qui m'est arrivé n'arrivera jamais à personne.

— Et *il* me semble bon garçon?

— Oui...

— Bien amusant, surtout?

— Beaucoup trop!

— Trop?...

— C'est-à-dire... ce n'est pas qu'il ait rien fait de mal.

— Cela se comprend.

— Mais il m'a fortement compromise.

— Pour ça, oui.

— Je pourrais être déjà au sein de ma famille.

— Vous êtes mariée?

Teresa toussa.

Or, elle n'était pas enrhumée, mais la toux lui donnait le temps de méditer sa réponse.

— Je suis mariée, dit-elle enfin.

— Ah !

Cette exclamation de la veuve était très signi-
ficative.

Elle ressemblait à un reproche.

Teresa le comprit et voulut s'excuser.

— Vous voyez bien ! dit-elle.

Et la veuve reprit en souriant.

— L'affaire est assez grave.

— C'est pour cela que je dis qu'il m'a compromise.

— Diable d'homme !

— C'est un fou. Il courtise toutes les femmes.

— Bah ! il n'y a pas de mal à cela.

— Vous croyez ?...

— C'est clair !

— Mais il ne s'attache à aucune.

— Il arrive souvent que celui qui s'attache le
moins est celui qui se lie le plus vite.

— Mais il en est incapable.

— Peut-être n'a-t-il pas encore rencontré le type féminin qu'il lui faut.

— Peut-être !

— Les hommes se méfient toujours.

— Du commencement à la fin.

— Mais si la femme sait les comprendre...

— C'est très vrai !

— C'est pour cela que je disais...

— Quoi ?

— Rien.

— Je croyais entendre...

— A revoir, señora !

— Reposez-vous bien !...

Et Teresa rentra dans sa chambre en disant tout bas :

— Serait-elle amoureuse de lui ?

Et la veuve s'éloigna de la fenêtre en disant.

— Quelle femme !... Oublier qu'elle est mariée, et s'en venir à Madrid avec le premier venu !...

Teresa se laissa tomber sur un lit.

Elle pleurait.

Pourquoi pleurait-elle?

C'est ce que nous allons savoir.

XIII

LES PENSIONNAIRES DE L'HÔTEL

La patronne de l'hôtel allait et venait à droite et à gauche, adressant des recommandations aux valets pour qu'ils missent toutes choses en ordre ; attendu que la dite dame, qui se nommait Zoa, — pour vous servir ! — avait la passion de l'ordre, à propos de toutes choses.

— Allons, allons, disait-elle à la cuisinière, faites en sorte que le riz ne dépasse pas le point voulu ; que ces patates soient bien dorées, bien dorées. Attention ! farcissez-moi bien ces concombres !

9

— Hombre ! il y aura des concombres ? Tant
mieux ! dit un individu qui s'approcha du seuil
de la cuisine.

— Holà ! don Andrés ! Oui, señor, vous aurez
aujourd'hui des concombres farcis. Je ne saurais
oublier que vous les aimez.

— Merci, merci ! Et quelles nouvelles avez-
vous à me donner, doña Zoa ? Est-il arrivé
quelques dames ?

— Oui, señor ; vous verrez aujourd'hui deux
nouvelles pensionnaires, excessivement jolies.

— Très bien ? très bien ! Voilà qui me fait
plaisir ! Tâchez de les placer à côté de moi, à
table. Et qui sont-elles ? qui sont-elles ?

— Je n'en sais rien ; elles sont arrivées avec
deux voyageurs.

— Voilà qui ne me plaît pas autant !

— Doña Zoa, qu'on m'apporte de l'eau ! cria
du fond d'un corridor un autre pensionnaire.

— On y va, don Manolito ; on y va tout de
suite.

Don Manolito se rapprocha de la cuisine.

— Ne parliez-vous pas de dames *nouvelles*? demanda-t-il.

— Jésus! quels démons, ces hommes! s'écria Doña Zoa. Ils pensent toujours aux mêmes choses!

Don Andrés était un homme grand et sec, avec des yeux d'une vivacité extrême. Il portait toute la barbe, et se servait de bretelles. Il se promenait dans tout l'hôtel en manches de chemise; il avait trente-huit ans bien sonnés, et en avouait vingt-huit. On le trouvait sans cesse en train de regarder par les trous des serrures, particulièrement aux portes des appartements habités par les dames.

Don Manolito était un étudiant de cinquième année, très taquin et très joli garçon.

Il mettait son plus grand plaisir à faire enrager doña Zoa, en allant de temps en temps faire un tour dans la cuisine, pour déflorer le dessert avant qu'on eût achevé d'en décorer la table. Il folâtrait avec les servantes, et ahuriait tout le voisinage de ses chansons et

de ses refrains. Il employait les loisirs que
lui laissaient ses études à jouer de la flûte.

— On va bientôt vous servir le dîner, dit doña
Zoa.

— Je m'en réjouis, uniquement pour faire connaissance des nouveaux venus, répondit Manolito.

Don Andrès ajouta :

— Et moi, donc !

Au même instant, une voix s'éleva dans une
autre chambre :

— Grâces soient rendues à Dieu ! vous avez
cessé de jouer de la flûte !

— Voici l'ours ! répliqua Manolito.

Et se glissant, sur la pointe des pieds, jusqu'à
la porte d'où était sortie la voix, il appliqua ses
lèvres à la serrure, et cria de toute la force de
ses poumons :

— Poum ! ! !

Et il prit la fuite, sans faire de bruit.

La porte s'ouvrit ; un personnage en caleçon
apparut, une canne à la main.

— Au nom du ciel, señor de Cortès, dit Doña Zoa, ne faites pas attention à lui, il est tellement espiègle...

— Je vais lui casser la tête! criait le señor de Cortès, qui avait la figure de travers, et louchait de l'œil gauche. Il a voulu se moquer de moi, mais, croyez-le bien, señora, je le tuerai avant longtemps!

— Calmez-vous donc, dit don Andrès, ce sont des taquineries de gamin.

— Je veux le tuer tout de même!

— Allons donc, hombre!

— Vous ne m'en croyez pas capable? Je vous tuerais aussi, pour peu que vous vous entêtiez à me contredire.

— Non, non; je ne vous contredis pas le moins du monde.

— N'avez-vous pas dit que je ne le tuerai point?...

— Hombre! je croyais...

— Que non?... Que voulez-vous parier que je le tue?

— Bon, mon cher, c'est très bien !

Le señor de Cortès ferma la porte d'un coup de poing.

— Mais, c'est qu'il n'est pas médiocrement furieux ! dit don Andrès.

— Oh ! s'écria la patronne, il a une terrible tête, le señor de Cortès !... Hier matin, il vint quelqu'un pour lui faire acquitter une facture ; il le prit par la nuque, et lui fourra la figure dans sa cuvette.

A ce point de la conversation, Teresa survint. Elle tenait une lettre à la main.

— Quelqu'un pourrait-il porter cette lettre à la poste ? demanda-t-elle.

Avant que doña Zoa eut pu répondre, don Andris fit un pas en avant, et s'écria :

— Mais, mon Dieu ! est-ce possible ? Vous êtes à Madrid, señora ! Quelle agréable surprise !

— Cañizàres ! cria Teresa.

Et la lettre glissa de ses mains.

Don Andrès ne s'en aperçut point, attendu

qu'il ne cessait de regarder Teresa dans le blanc
des yeux.

Finalement, il reprit :

— Mais dites-moi un peu : comment êtes-vou
ici? Quand êtes-vous arrivée?

— Voulez-vous monter à ma chambre?

— Je ne demande pas mieux ! A tout à l'heure
doña Zoa! Montons donc, Teresita, et vous
me raconterez... car j'ai été bien étonné...

Doña Zoa suivait de près.

— Tiens!... tiens!... Ainsi donc, vous vous
connaissiez déjà? Voyez-vous cela?... Quelles
rencontres produit le hasard dans le monde!...

— Laissez-nous, dit Teresa.

Doña Zoa les laissa seuls.

— Et Don Anastasio? demanda le pensionnaire.

— Il est resté là-bas. Veuillez vous asseoir.

— Non, veuillez m'excuser ; je vais passer une
redingote, car je suis en manches de chemise;
il me semble...

— Qu'importe cela! qu'importe! nous avons
à causer longuement et le temps presse.

— Mais, señora...

— Cela ne fait rien, rien du tout. Asseyez-
vous donc.

— Comme il vous plaira.

Teresa ferma la porte, et en moins de dix minutes, elle eut raconté à don Andrès tout ce qui
lui était arrivé.

Don Andrès était l'intime ami du mari de
Teresa.

Au premier abord, il ne fit pas précisément
très bon accueil à la narration que lui fit la
dame.

Il pensait, — et il ne se trompait pas précisément — que si la femme de son ami avait osé
venir à Madrid (sans faire semblant de rien)
avec un cavalier servant, elle n'avait fait en
cela que ce qui lui avait plu.

Et comme don Andrès était un rusé fripon,
très enclin à chasser sur les terres d'autrui, il

commença aussitôt à bâtir des châteaux en l'air pour son propre compte.

— C'est très bien ! Et que désirez-vous à présent, ma bonne amie ?

— Retourner tout de suite chez moi.

— Cela me semble très convenable.

— Mais, tout de suite, Andrès, tout de suite !

— Voyez-vous, señora, je ne crois pas qu'il soit bon de vous laisser voyager seule.

— Qu'y faire ?

— Je vais aller vous accompagner moi-même.

— En vérité ? Mais cela va vous causer un dérangement trop grand.

— Pas le moindre ! Je suis à Madrid depuis un certain temps parce que mes affaires n'avancent que très lentement. Une journée d'absence ne me causera aucune espèce de préjudice. Nous partirons donc ce soir. A l'aube, nous arriverons à Morata, et je n'ai plus qu'à dire à votre mari : « Mon cher Botin, voici ta femme qui ne t'a jamais trahi, et n'est nullement capable de te trahir. C'est uniquement par un hasard que ce long retard a été occasionné. »

Teresa répondit avec feu :

— Croyez bien que vous me rendrez ainsi un immense service.

— Mettons donc les mains à l'œuvre. Il est cinq heures et demie. Le train part à six. Je vais mettre un costume de voyage, et à bientôt !

Ce disant, don Andrès sortit de la chambre de Teresa.

En passant devant celle de Manolita, il gratta du bout des doigts à la porte.

— Qu'y a-t-il ? demanda tout bas l'étudiant, en entre-bâillant l'ouverture.

— Il y a que je vais faire un voyage avec l'une des dames arrivées ce matin.

— Hein ?

— Oui, señor, j'ai été plus fin que vous, et je tiens déjà ma petite aventure.

Et il partit sans rien dire de plus.

— Sacrebleu ! se dit l'étudiant resté en panne.

S'il faut jouer au plus fin, ce n'est pas toi qui gagneras la partie.

Et il se mit à la recherche de doña Zoa.

— Écoutez un peu, doña Zoa.

— Ah ! le maudit garnement ! Partez vite d'ici, car le señor de Cortès va sortir de chez lui et vous administrer une raclée.

— Parce que...

— Il est furieux !

— C'est bon ! qu'il boive de l'eau pure ! Mais, dites-moi, avec quelle dame doit partir don Andrès ?

— Que me contez-vous là, mon bonhomme ?

— Il m'a dit qu'il partait en voyage, avec une de celles qui sont venues aujourd'hui.

— Pas possible ! Don Manolito, voulez-vous vous moquer de moi ?

— Vous ne savez rien ?

— Rien !

— Rien, bien sûr ?

— Rien du tout, hombre ! absolument rien !

— Alors, au revoir !

Doña Zoa resta comme pétrifiée.

— Que diable se passe-t-il ici pour qu'ils se conduisent tous comme des fous ?

Elle baissa les yeux à terre.

La lettre que Teresa avait laissé tomber était encore là.

Doña Zoa la ramassa.

Que les maîtresses d'hôtel sont donc curieuses !

Plus curieuses encore que le reste des femmes !

Celle-ci rompit l'enveloppe et lut son contenu.

On a peine à croire à tant d'indélicatesse, n'est-ce pas ?

La lettre contenait seulement ceci :

« Mon cher mari,

» Je comprends que tu dois être sur des charbons ardents, et je t'écris pour te tirer d'inquiétude.

» Hier, sitôt installée dans mon wagon, je m'endormis, et lorsque je m'éveillai, je me trou-

vais déjà très loin de notre village. Il n'y avait
rien de mieux à faire que de venir jusqu'à Madrid. J'en repartirai ce soir même, pour revenir
près de toi, et te demander pardon de ma sottise.

» A bientôt, mon cher mari; tu embrasseras
demain

» Ta TERESA. »

Dona Zoa fut, après cette lecture, encore plus
abasourdie qu'elle ne l'était avant.

— Mais, est-ce que ce cavalier qui est arrivé
avec elle ne m'a pas dit qu'il est son mari?
pensa-t-elle.

Comme elle réfléchissait sur ce point, elle entendit tinter la sonnette d'une des chambres les
plus rapprochées de la cuisine.

Doña Zoa alla voir qui avait sonné.

C'était don Felipe.

Don Felipe, qui achevait de se réveiller, ré-
clamait de l'eau et du sucre.

— Tout de suite! dit la patronne.

— Dites-moi...

— Que demandez-vous ?

— Ces deux dames dorment-elles ?

— Je ne saurais vous le dire. Je vais le voir.

— Non ; mais si par hasard vous les voyez, demandez-leur de ma part si elles se sont reposées.

— Je ne le pense pas, caballero.

— Comment cela ?

— L'une d'elles a déjà écrit.

— Laquelle ?

— La... femme de l'autre voyageur.

— Celle d'Anastasio ?... Hi, hi ! hi ! Et Anastasio, que fait-il ? Est-il par là ?

— Non señor ; il est sorti ce matin, et n'est pas encore rentré.

— Hi ! hi ! hi !

Don Felipe était mis en gaîté par le seul souvenir d'Anastasio.

— Sa femme, poursuivit la patronne avec la pureté d'intention d'un taureau portugais, sa femme cause en ce moment avec un caballero..

En entendant parler ainsi de *sa femme*, don Felipe pensa aussitôt :

— Allons ! ce diable d'homme l'aura encore fait passer pour sa conjointe !

Et il se mit à rire de tout son cœur.

— Cela vous amuse donc bien, reprit doña Zoa, que cette dame cause avec un pensionnaire.

— Non, non, ce n'est pas ce qui m'amuse le plus.

— Comme je vous vois rire si fort...

— Je ris parce que... parce que cet Anastasio m'amuse infiniment... Hi ! hi ! hi !

En cet instant, la veuve traversa le corridor.

Don Felipe sauta de son lit en criant :

— Comment allez-vous, señora ?

La veuve ne parut pas effrayée de voir don Felipe en caleçon.

Question d'habitude, peut-être !

Elle s'arrêta en chemin, et répondit :

— Très bien ! Et vous ?

— Parfaitement ! Et nos compagnons de

— Peuh ! *Elle* cause avec quelqu'*un*.

Le lecteur devinera tout ce que la veuve voulait faire entendre.

— Et vous, avez-vous reposé ! demanda don Felipe.

— Très peu. Je réfléchissais...

— A quoi ?

— Je vous le dirai.

La maîtresse d'hôtel s'éloigna.

Don Felipe et la veuve commencèrent à s'entretenir à voix basse.

— Don Felipe, dit-elle, lorsque Pérez, notre ami commun, me recommanda à vous, à la station de Saragosse, vous vous engageâtes à me rendre tous les services dont j'aurais besoin en voyage.

— Certes ! je suis prêt à le faire !

— Bien ; comme je ne connais personne dans Madrid, je suis forcée de vous déranger.

— Vous ne me dérangez point. C'est tout le contraire.

— Mille remerciements ! Voudriez-vous donc

me faire la grâce d'aller à la chambre de cette doña Teresa vous informer d'une chose ?

— Laquelle ?

— C'est...

Et la veuve s'arrêta.

Don Felipe la regardait très fixement.

— Savoir... si elle est effectivement mariée avec Anastasio.

— Mais ne savez-vous pas assez positivement qu'elle ne l'est pas ?

— C'est vrai !... je voulais dire... si elle est amoureuse du même Anastasio.

— Señora, quelle commission me donnez-vous là ?

— Cela vous paraît mauvais ? Bien ! très bien; mettons que je n'ai rien dit.

Don Felipe se piquait d'être très obligeant.

Bien que la commission lui parût un peu grave, il lui semblait plus grave encore de ne point la remplir.

— Ne vous fâchez pas, dit-il, je vais...

10

— Non, non, si vous le faites de mauvais gré...

— Non pas!... c'est-à-dire... je vais...

Et don Felipe perdait la carte.

Il la perdait si bien, qu'il partit sans plus tarder, et se trouva sans autre ornement que son caleçon dans l'appartement de Teresa.

— Peut-on entrer? demanda-t-il quand il était déjà au milieu de la chambre.

Teresa, qui tournait le dos à la porte, poussa un cri de frayeur.

— Qu'est-ce que c'est? s'écria-t-elle.

— Señora, vous voudrez bien m'excuser..

— Mais, qu'est-ce que cette façon de...

— Je vais vous le dire...

— Voulez-vous bien sortir d'ici, caballero?

— Ne criez pas, señora, on pourrait se figurer...

Et don Felipe poussa la porte.

— Caballero, qu'est-ce que vous voulez?...

— Que vous ayez l'obligeance de me répondre...

— Sur quel sujet ?

— Êtes-vous amoureuse de don Anastasio?

— Sortez d'ici, impertinent !

— Señora, c'est une commission.

— Comment ! une commission...

— Oui, une commission dont je suis chargé...

— Par qui ?

— Par la petite veuve.

— Il ne manquait que ça ! Sortez !

Don Felipe obéit.

Doña Zoa, debout sur le seuil de la maison, fit un haut-le-corps en l'apercevant.

— Jésus ! s'écria-t-elle. Tout à l'heure, l'un est entré chez elle en manches de chemise, maintenant l'autre en sort en caleçon. Où cela s'arrêtera-t-il ?

Cependant, Teresa se disposait à se rendre chez la veuve.

Cette dernière avait entendu la conversation de don Felipe et de Teresa, et elle était rentrée dans sa chambre en murmurant :

— Que ce Don Felipe est stupide !

Don Manolito revint au même instant à la cuisine.

— Doña Zoa, dit-il, savez-vous enfin avec qui doit partir Don Andrès?

— Non, señor, mais je le devine.

— Voyons?

— Ce doit être avec la dame qui habite là (et elle signala du doigt la chambre de Teresa). Et quelle dame, don Manolito! D'abord, c'est don Andrès que j'ai vu entrer chez elle en manches de chemise...

— Sapristi! La chose est grave!

— Ensuite, don Felipe, un des nouveaux pensionnaires, y est allé en caleçon.

— Comme l'eau va au moulin!... Alors, j'y vais aussi, maintenant.

— Don Manolito, qu'est-ce que vous allez faire?

— Laissez-moi tranquille!

— Prenez garde!

— Laissez-moi la paix!

— Je ne veux pas!

— Caramba !

Et l'étudiant, échappant aux mains de doña Zoa, se dirigea vers l'appartement de Teresa.

Elle avait l'air de très mauvaise humeur.

L'étudiant n'était pas homme à s'arrêter pour des riens.

Il avait une belle renommée d'audace, et il la méritait consciencieusement.

— Señora, dit-il, veuillez m'excuser, mais j'ai une commission à vous faire...

— Hein ? fit Teresa en le regardant du haut en bas.

— Oui, c'est une commission que l'on m'a donnée ce matin pour vous.

— Ce matin ?...

— Oui, señora. N'est-ce pas vous, la dame qui est arrivée ce matin à Madrid ?

— Effectivement. Veuillez entrer.

Manolito pénétra dans la chambre et ferma la porte en dedans.

— Sainte Vierge de la Colombe ! cria doña

Zoa. Je ne puis plus voir de telles choses! C'est par trop horrible!

Et elle courait chercher don Andrès qui faisait sa valise en toute hâte.

— Don Andrès, lui dit-elle, vous avez des connaissances affreuses!

— Comment donc?

— Je dis que vous avez des amitiés très inconvenantes.

— Mais enfin, pourquoi cela?

— Pourquoi?.... Allez dans la chambre de cette doña Teresa, et vous verrez.

— Eh bien! que se passe-t-il?

— Après vous, j'ai vu aller là don Felipe, à peine vêtu; ensuite, c'est don Manolito qui y est entré comme dans du beurre.

— Saprebleu! cria don Andrès.

— Oui, señor; il y est encore.

— Maintenant même?

— Maintenant! maintenant!

Don Andrès se précipita dans la chambre de Teresa.

Il ouvrit sans autre explication la porte toute grande, et trouva Manolito en train de causer amicalement avec la femme de son ami Botin.

— Señora, dit don Andrès, qui était assez grossier de manières, ne comptez plus sur moi pour quoi que ce soit ; et quant à votre mari, je me réserve de lui écrire ce que mérite votre cas.

— Caballero, qu'est-ce que cela signifie ?

— Rien ; je ne dirai pas un mot de plus.

— Ne soyez pas impoli vis-à-vis d'une dame ! s'exclama Manolito.

— Et vous, qui vous a prié de porter un cierge dans cette cérémonie ?

— Est-ce que vous m'insulteriez, par hasard ?

— Quelle chambre que celle-ci ! Une chambre où l'on voit entrer des Felipe en caleçon !...

Don Felipe, dont la fenêtre était ouverte, entendit cette exclamation intempestive.

— Ecoutez un peu, señor, dit-il, je n'y suis allé que sur la prière d'une dame !

Et il vint rejoindre les autres en jetant du feu par les yeux.

— Dehors ! tous ! cria Teresa.

— J'ai besoin d'être informé de ce qui se passe ici; déclara don Andrès.

— De quel droit ? s'écria Teresa.

— C'est cela ! De quel droit ? vociféra Manolito.

— Du droit de mon amitié !

— Et vous-même, qui êtes-vous ? exclama don Felipe.

— Une personne convenable !

— J'en doute fort !

— Je m'en vais vous casser la tête !

— Sortez tous de cette chambre ! tous !

— Par ordre, seulement !

— Quel scandale est ceci ! cria doña Zoa.

— Taisez-vous !

— Je vous écrase avec cette chaise !

Au milieu du bruit, la porte de la chambre du señor de Cortès s'ouvrit brusquement, et l'occupant apparut, armé d'un gourdin, dont je

n'ose pas décrire les dimensions effrayantes. Il
se mit à en jouer avec beaucoup de zèle, et dis-
tribua avec une telle furie de si bons coups à
droite et à gauche, que dona Zoa tomba en travers de la porte et que don Felipe, voulant fuir,
trébucha contre elle et se cassa le nez contre
terre. Manolito se fit un rempart de don Andrès,
lequel reçut un coup de pointe dans un œil qui
resta suspendu hors de son orbite. Teresa commença à crier au secours, et la veuve, entendant
le bruit, crut qu'on l'appelait, et s'efforça d'a-
paiser le terrible Cortès. Mais ce dernier la re-
poussa si violemment, qu'il la fit choir la tête
la première. Cela fait, il rentra chez lui, et s'y
enferma à clef en criant comme un énergumène:

— Je finirai par les tuer tous ! depuis la patronne jusqu'au chien !... Et je les tuerai !...
Oui ! quand l'idée m'en prendra, je les tuerai,
tous !... tous !... tous ...

XIV

ET LE SEÑOR DE BOTIN?

Tandis que l'ordre se rétablit peu à peu dans le fameux hôtel *qui n'a rien d'un hôtel*, il sera bon que nous revenions de quelques lignes en arrière.

L'auteur croit ce recul opportun, parce qu'il craint que ses lecteurs lui demandent:

— Et le mari? Et notre ami de Botin? Qu'est-il advenu de cet excellent homme?

Ah! mesdames et messieurs! je ne trouve pas de termes pour vous expliquer toutes les an-

goisses qui envahirent le cœur de cet homme
innocent et inoffensif.

Il est des êtres qui naissent pour le malheur.

Sans en chercher d'autres exemples, nous
avons sous les yeux le señor de Botin, le pacifique et honoré citoyen, qui fut juge de première instance, et majordome de deux confréries.
Lui qui aimait sa femme à l'adoration, et ne
sortait jamais de son ombre, c'est lui que nous
voyons à présent, triste victime d'un événement
que nous pouvons qualifier d'imprévu.

Le discours que lui avait tenu le curé l'avait
mis hors de lui.

Il était immobile au milieu du chemin, les
bras pendants, le chapeau derrière sa tête, et se
lamentant tout seul.

— Où sera-t-elle donc allée, cette infâme? disait-
il. Quels motifs a-t-elle pour me faire un si mauvais tour?... L'ai-je jamais maltraitée? L'ai-je
contrariée en quelque chose? Lui ai-je fait passer
un seul mauvais moment? Il y a un an et demi

que je l'ai épousée, selon sa volonté et celle de
ses parents... Quels mauvais procédés a-t-elle
à me reprocher, pour se comporter de cette manière ? Voyons ; elle mériterait que je la prenne
par la peau du cou et que je lui casse la tête contre le mur. Et où sera-t-elle allée ? Quelle route
a-t-elle prise ? Où faut-il aller la chercher ? Est-
elle allée à Madrid ? Bah ! pourquoi faire ? Et
quel est cet homme qui l'accompagne ? Quant
à celui-là, je me charge de régler son compte !
Mais comment faire pour les rejoindre ?... Comment ?... c'est affreux, horrible, épouvantable !
oui, c'est horrible !... affreux !... aaffreux !...
aaaffreueueueux !...

Il trépignait sur place ; son chapeau tomba
derrière lui, son menton tremblait de colère. A
force de réfléchir et de marcher à grands pas
sur la route, il y fut surpris par l'aurore, cette
même aurore qui surprit Teresa et son compagnon de voyage en train de dormir dans les
coins de leur wagon.

La station du chemin de fer, blanche comme

une colombe, se montrait à une cinquantaine
de pas.

— Peut-être sont-ils là... pensa don Anastasio.

Et il se dirigea vers la gare.

Le chef dormait encore.

Les employés chantaient, en nettoyant quelques ustensiles en fer avec des chiffons impré-
gnés d'huile.

— Bonjour, leur dit Anastasio.

— Bonjour, lui répondirent-ils.

— Où est l'employé qui donne les billets ?

— Il dort, répondit l'un des hommes.

— Tardera-t-il beaucoup à se réveiller ?

L'homme d'équipe regarda l'horloge accrochée au mur.

— Il ne peut tarder beaucoup, dit-il, parce
qu'il passera dans une heure un train de voyageurs.

— J'attendrai, déclara don Anastasio.

Et il se mit à se promener sur le quai.

Pendant l'incomplète demi-heure que se fit

attendre le distributeur de billets, tant et tant de pensées s'agitèrent dans le cerveau de don Anastasio qu'il en avait la migraine.

Enfin, le distributeur se montra à l'une des portes, avec des yeux très enflammés, une tunique très froissée, et sa casquette toute déformée, comme un homme qui a dormi tout habillé.

Don Anastasio s'avança vers lui.

— Vous voudrez bien me perdonner... dit-il; mais... mais je voudrais que vous me rendiez un service.

— Expliquez-vous.

— Eh bien! je désirerais savoir si un cavalier et une dame ont pris ici des billets cette nuit.

— Cette nuit... cette nuit...

L'employé cherchait à se rappeler.

— Je crois que oui, dit-il.

— Et pour où aller, pour où ?

L'employé se reprit à réfléchir.

— Laissez-moi, laissez-moi me souvenir. Pré-

cisément, cette nuit, il n'y a eu que quatre personnes qui aient pris des billets.

— Une dame et un cavalier...

— Oui, il me semble que oui... pour Saragosse.

— Pour Saragosse ?

— Ou pour Madrid ; je n'en suis pas sûr.

— Caramba ! il n'est pas deux points plus
opposés.

— Je sais que cette nuit je n'ai vendu que
quatre billets : deux à un cavalier avec une
dame, et deux à un autre cavalier avec une
autre dame. L'un de ces deux couples est parti
d'un côté, et l'autre du côté opposé... Enfin,
pour Madrid ou pour Saragosse, c'est ce qu'il
m'est impossible de vous dire.

Là-dessus l'employé rentra dans son bureau
en bâillant, et don Anastasio resta sur le quai,
bouche béante.

Il se dirigea vers un ouvrier.

— Dites-moi, à quelle heure passe le train de
Madrid ?

— A neuf heures.

— Et celui de Saragosse ?

— A onze heures.

— Merci bien.

Et don Anastasio demeura sans savoir à quel parti s'arrêter.

Sans savoir s'il irait à Madrid ou à Saragosse.

Ou s'il irait à Saragosse et à Madrid.

Mais continuons notre histoire.

XV

L'AFFAIRE S'ARRANGE

Lorsque le señor de Cortès fut rentré dans sa chambre, le silence régna dans la maison pendant quelques instants.

Nos personnages, tous plus ou moins contusionnés, tâchèrent de s'esquiver gentiment pour se mettre à l'abri de toute récidive possible.

Don Andrès, qui avait son œil en marmelade, s'occupa de le panser avec des compresses d'arnica.

Don Felipe, enfermé à clef dans sa chambre,

se disposait à refaire sa malle, afin de chercher au plus vite un autre hôtel vraiment à l'usage des hôtes, un hôtel, où, si l'on était médiocrement nourri, on pût du moins se croire assuré contre les coups de bâton.

Manolito, qui avait eu la chance de sortir indemne de la bagarre, retourna chez lui, et se mit à jouer de la flûte.

Du côté des femmes, Teresa pleurait, plus désespérément que jamais; la veuve gesticulait toute seule, déclarant dans son for intérieur que *cette créature* était responsable de tout ce qui s'était passé; et doña Zoa, aussi rouge qu'une tomate et dans un état voisin de la congestion, préparait le dîner en toute hâte en grommelant:

— C'est un vrai scandale! Jamais de la vie je n'ai reçu dans ma maison des espèces comme celle-là! Et je ne veux pas qu'elle reste ici plus longtemps! Seigneur! non! Je préfère voir cette chambre inoccupée que d'y loger des tourterelles de ce genre!

Pendant que chacun passait ainsi son temps, la nuit arriva.

L'horloge sonna un coup.

Ce que la situation avait de plus bizarre c'est que l'habitude de l'hôtel étant de servir le dîner à sept heures, personne, bien qu'il en fût près de huit, n'avait réclamé le repas.

Chose plus étrange encore ! Tous les pensionnaires demandaient à être servis dans leur appartement respectif.

Aucun ne voulait se rendre à la salle à manger. Seul, le señor de Cortès, plus raide qu'un mur de soutènement, sortit en retroussant sa moustache, s'installa à la table d'hôte, et demanda son dîner d'une voix calme et grave.

Doña Zoa s'empressa de le servir avant tous les autres.

Doña Zoa, en de telles occasions, servait elle-même leur repas à ses pensionnaires.

Comme elle entrait, la soupière à la main, dans la chambre de don Andrès, celui-ci lui demanda sans écarter ses doigts de son œil :

— Que fait doña Teresa ?

— Je n'en sais rien, répondit la patronne. Je lui ai demandé si elle voulait dîner, et elle m'a dit que non. Elle est dans sa chambre, seule et dans l'obscurité. Il me semble qu'elle pleure.

Don Andrès resta, le coude gauche appuyé sur la table, et l'œil caché dans sa main.

Doña Zoa porta le potage à la veuve.

— Avez-vous vu ? dit la voyageuse. Avez-vous jamais vu une femme comme celle-là ?

— Jamais ! répondit la patronne. J'en suis bouleversée, señora, parce que, grâces à Dieu, je ne suis pas habituée à de semblables choses...

Et elle s'en alla servir du bouillon à don Felipe.

Cependant le señor de Cortès se taisait et mangeait sans lever le nez de son assiette.

C'était un assez bel homme, ce señor de Cortès.

Ses yeux perçants, son teint brun et ses moustaches retroussées lui donnaient l'apparence d'un colonel retraité, ou d'un personnage du même genre, en dépit de son œil de travers,

et d'une physionomie si dure que son regard
semblait trahir l'intention à vous tordre le cou.

Doña Zoa remarquant son calme, et n'igno-
rant pas que son silence était le symptôme le
plus grave de l'irritabilité de son commensal,
se hasarda à lui demander :

— Et la señora !... est-ce qu'elle ne dînera
pas ce soir ?

Le señor de Cortès ne répondit pas un seul
mot.

Doña Zoa et son potage partaient, l'un portant l'autre, pour servir don Manolito.

— Dites donc, demanda l'étudiant, qu'est-ce
que cette histoire d'une dame qui ne dîne pas ?

— C'est la dame du señor Cortès.

— Mais... cet homme a donc une femme ?

— Une femme extrêmement jolie !

— Et nous n'en savions rien !

— C'est qu'elle ne sort jamais de chez elle !
Il y a au moins un mois qu'elle habite cette
maison, et elle n'a pas encore foulé une seule
fois le pavé de la rue.

— Parfait ! parfait ! s'écria l'étudiant. Je suis
enchanté de le savoir, pour le cas où *il jouerait
encore du bâton.*

Quand tous les pensionnaires eurent achevé
leur dîner, l'hôtel resta silencieux.

Le corridor était plongé dans les ténèbres.

On voyait seulement dans la chambre de
Teresa une raie de lumière qui passait au-des-
sous de la porte.

Une heure s'écoula.

On entendit la porte de la maison s'ouvrir et
se fermer.

— Je parierais n'importe quoi, murmura la
patronne, que ce démon de don Manolito est
sorti, comme il fait toujours, en laissant sa
bougie allumée.

Et elle courut à la chambre de l'étudiant.

Celui-ci était étendu tout habillé sur son lit
en fumant un cigare.

— Mais qui est-ce qui est sorti ? murmura la
maîtresse d'hôtel.

En passant devant l'appartement de Teresa, elle pensa :

— Et cette dame... elle ne dîne donc pas?

Elle ouvrit la porte et demanda :

— Est-ce que vous ne voulez rien prendre

Teresa ne répondit pas.

Doña Zoa pénétra dans l'alcôve.

— Ne voulez-vous rien manger? questionna-t-elle une seconde fois.

Même silence.

Teresa n'était plus là.

Teresa avait disparu.

XVI

C'EST ELLE, CETTE FOIS

Il est inutile de décrire à mes lecteurs la surprise de doña Zoa quand elle eut constaté le départ de Teresa.

Elle pensa ce que tout le monde eût pensé à sa place : que le bruit fait par la porte d'entrée avait été occasionné par la sortie de la voyageuse.

Teresa n'avait avec elle d'autre bagage qu'un sac de nuit.

Comme sa malle avait été, au départ, facturée

pour Morata, vu qu'elle ne soupçonnait guère quelles circonstances l'obligeraient à aller à Madrid, elle n'avait pas même pu changer de costume à son arrivée dans l'hôtel.

Mais la patronne se rappelait avoir vu un sac de nuit entre les mains de Teresa.

Elle chercha ce sac dans la chambre, et ne l'y trouva point.

Elle ne douta plus que Teresa fût partie pour ne plus revenir.

Comme les femmes sont incapables de garder leurs commentaires pour elles seules, il fallait à doña Zoa quelqu'un à qui parler de ce qui lui arrivait.

C'est sans doute pour cette raison qu'elle fit irruption dans la chambre de la veuve, car elle lui raconta tout d'une haleine ce qu'elle venait de voir, — ou de ne pas voir, pour parler plus exactement.

— Elle est partie, alors? demanda la veuve.

— A ce qu'il paraît.

— Pour aller où?

— Je vous laisse le soin de le vérifier.

— Mais... Et son... mari?

— Son... mari? interrogea doña Zoa en articulant fortement les syllabes.

— Oui.

— Eh! qu'en sais-je? Qu'ils s'arrangent où il leur plaira. Quant à moi, je n'y perds rien : elle n'a pas seulement fait deux réaux (1) de dépense, la bonne dame...

— Ainsi donc, elle s'en est allée ?

— J'en suis bien aise! Croyez que je m'en réjouis de tout mon cœur. Qu'elle s'en aille, s'il lui plaît, faire du scandale chez le diable.

La veuve eut un sourire.

Doña Zoa retourna dans sa cuisine.

Quelques instants après, la petite veuve ouvrit sa fenêtre pour examiner la chambre qu'avait occupée Teresa.

Je ne sais quelle idée lui vint à l'esprit ; toujours est-il qu'elle sortit de chez elle, et s'en

(1) Cinquante centimes.

fut, en marchant sur la pointe des pieds, dans l'appartement d'en face.

Allait-elle voir si Teresa y avait laissé quelque chose ?

C'est ce que l'auteur n'a pu vérifier.

Mais ce qu'il sait pertinemment, c'est que bientôt après que la Sévillane eut pénétré dans la chambre de sa rivale présumée, on entendit résonner le timbre de la porte d'entrée de l'hôtel.

Doña Zoa alla ouvrir elle-même, et reconnut Anastasio dans celui qui sonnait.

Voilà don Anastasio de retour. Ami lecteur, avez-vous regretté son absence ?

Il avait passé toute la journée dehors, le brave garçon.

Il y a lieu cependant de lui rendre justice : il n'avait pas encore oublié Teresita.

Et ce qui le prouve surabondamment, c'est la question qu'en franchissant le seuil de la maison, il adressa à la patronne avec son *sans-façon* (1) habituel.

(1) En français dans le texte.

— Et ma femme?...

Doña Zoa ne se souciait pas d'entrer en explications.

— Je ne sais si elle est chez elle...

Ce fut là son unique réponse.

Cela dit, elle rentra dans son coin.

Anastasio se disait :

— Caramba! comme il fait noir ici! Quelle économie de lumière on fait dans cette maison !

Il finit, en tâtant les murs, par arriver à la chambre de sa compagne de voyage.

— Vous êtes dans l'obscurité, Teresita? interrogea-t-il.

Il crut entendre le léger bruit d'un soupir.

— Pardonnez-moi d'avoir tant tardé à revenir, reprit-il ; mais j'ai eu tant de choses à faire !

La veuve, avec cette voix étouffée dont on se sert pour échanger des propos dans une église, voix qui ne saurait ressembler en rien au timbre spécial de la voix réelle de chacun, lui répondit par ces mots :

— Chut ! parlez plus bas.

Anastasio, se mettant à l'unisson, reprit, comme s'il se fut trouvé dans quelque chapelle :

— Que se passe-t-il donc ?

— Qu'il y a dans l'hôtel, et tout près d'ici, quelqu'un qui me connaît. Je ne veux, ni qu'il m'entende, ni qu'il me voie; c'est pour cela que j'ai éteint la lumière.

(Était-elle assez rusée, cette veuve ?)

— Ah ! fort bien ! dit Anastasio, et qui c'est-il ? Ne peut-on le savoir ?

— Un certain don Andrès Cañizares, intime ami de mon mari.

La Sévillane qui avait, comme on voit, écouté de la fenêtre de sa chambre la conversation qu'avaient eue dans la soirée don Andrès et Teresa, cherchait en ce moment à en tirer son petit profit.

— Sapristi ! murmura Anastasio en baissant encore plus la voix.

— Hélas ! dit la veuve en soupirant, combien vous m'avez fait souffrir !

— Señora, je...

— Si vous saviez tout ce qui s'est passé ici ce soir...

— Quoi donc ?

La jeune femme raconta tout au long le scandale qui avait eu lieu.

— Et qu'avez-vous fait? demanda Anastasio.

— Je les ai tous chassés d'ici, et je me suis enfermée dans cette chambre.

— Avez-vous dîné, au moins?

— Non.

— C'est horrible! Je vais tout de suite donner l'ordre...

— Restez tranquille, je ne veux rien prendre.

— Mais, voulez-vous donc vous coucher sans dîner?

— Me coucher, moi ? Caballero, vous ignorez que je vais partir?

— Pour aller?

— A mon village.

— Toute seule ?

— Oui, toute seule !

— Teresa, je ne sais comment vous dire ces choses... mais que vous le croyiez ou non, il est sûr que si vous partez, je pars à votre poursuite.

Si l'on eût apporté de la lumière en ce moment, de quelle pâleur on eût vu se couvrir le visage de la veuve !

— Je partirai dans deux heures, reprit-elle. Demeurez à Madrid, et ne songez plus à moi. Peut-être déjà avez-vous quelqu'un à qui penser ?

— Moi ?

— Croyez bien que le zèle et l'empressement que vous avez mis à vous attirer la bienveillance de notre compagne de voyage ne m'ont pas échappé !

— Ah ! oui, la veuve... murmura Anastasio.

Et il resta silencieux.

Après une pause de quelques secondes, il reprit :

— Señora, il est bien certain que ce que nous

avons fait, ou plutôt ce que j'ai seul accompli, a été une vraie folie. Je vous ai mise en évidence ; je vous ai compromise aux yeux de votre mari, et... bref, j'ai agi en étourdi. Veuillez me pardonner toutes mes erreurs ; et plaise à Dieu qu'à votre retour près de votre mari, vous retrouviez dans ses bras la paix qui me manque !

La veuve respira fortement.

— Il ne l'aime pas ! se dit-elle.

Et s'adressant de nouveau à Anastasio :

— C'est-à-dire, murmura-t-elle, que vous n'avez pas éprouvé le moindre sentiment pour moi... que...

— Voyons, señora, dit tout haut son interlocuteur, où en sommes-nous, je vous prie ? Dois-je vous aimer ou ne vous aimer pas ? Voulez-vous retourner chez vous, ou rester avec moi ?

— Chu-u-ut ! fit la veuve en lui fermant la bouche de sa main.

A ce moment de leur entretien, la porte du

señor de Cortès s'ouvrit tout doucement, et une ombre se glissa dans le corridor, du côté de la chambre où se trouvaient nos deux causeurs.

— Mais enfin, señora, dit Anastasio à demi-voix, je ne vous comprends plus le moins du monde. Hier, je vous retiens en chemin; le train part; nous restons seuls en rase campagne; e vous fais une déclaration en règle, et vous me répondez : « J'accepte. » Plein de confiance, alors, je vous conduis chez mon ami, le curé. Une fois là, vous commencez à récriminer et à me parler de votre époux.... Nous sortons du presbytère, nous remontons en wagon, et, tan-tôt vous applaudissez à mes plaisanteries, tantôt vous me couvrez d'insultes devant tout le monde. Ce matin, à notre arrivée ici, je vous offre hum-blement mes services ; vous les refusez, et me renvoyez avec aigreur. Je passe tout le jour dehors, et quand je reviens, et que je vous parle raisonnablement, vous paraissez regretter de me quitter, et vous déplorez mon indifférence. Qu'est-ce donc que tout cela veut dire? Com-

ment ne vous répéterais-je pas ce que je disais
tout à l'heure : « Que décidons-nous? Dois-je
vous aimer ou ne vous pas aimer? Voulez-vous
aller retrouver votre mari ou rester près de
moi? »

La Sévillane ne savait que répondre.

Elle s'était mise dans une situation aussi
fausse que possible.

Si elle continuait à jouer le rôle de Teresa,
elle se voyait forcée de se fâcher contre Anastasio, et de mettre terme à l'entretien.

Or, elle voulait le continuer, parler beaucoup
et longtemps.

Si elle lui découvrait qui elle était, elle risquait fort qu'Anastasio la jugeât une femme
sans pudeur.

— Que dois-je faire? se demandait-elle.

Et pendant qu'elle hésitait, l'ombre qui s'était
glissée dans le couloir s'avançait jusqu'au seuil
de la chambre et s'y arrêtait légèrement incli-
née, et semblant écouter avec attention.

Doña Zoa ronflait dans la cuisine.

Don Andrès renouvelait sur son œil malade les compresses d'arnica.

Don Felipe sortait en ce moment de sa chambre.

En passant devant la porte de celle où se trouvaient la veuve et Anastasio, il entendit et crut reconnaître la voix de ce dernier.

Cela suffit pour donner à don Felipe une si forte envie de rire, qu'il dut prendre son mouchoir et le presser sur sa bouche afin de ne pas faire de bruit.

Et il s'arrêta pour écouter.

Il ne voulait pas quitter cet hôtel sans mettre à profit l'occasion de passer un bon moment à écouter les farces qu'Anastasio pourrait dire.

Sur ces entrefaites, Manolito, fatigué de fumer étendu sur son lit, voulut aller faire enrager doña Zoa, dans le but de se distraire. Mais aux premiers pas qu'il fit dans le corridor, il lui sembla entendre un léger bruit, et cela le fit s'arrêter à son tour. Il devina qu'il y avait quelqu'un aux

aguets, et resta immobile pour voir ce qui pourrait arriver.

— Que se passe-t-il donc? lui demanda-t-on
très bas à l'oreille.

C'était don Andrès, qui n'ayant plus d'eau
pour ses compresses, allait en demander, et
trébuchait contre lui.

— Chuuut !... fit l'étudiant. Taisez-vous !

Il se passe là quelque chose, mais je ne sais
pas ce que c'est. Ce doit être quelque affaire de
femme.

— Pourquoi !

— Parce que j'ai entendu le bruissement d'une
étoffe de soie.

— Ne bougeons plus, alors ! murmura don
Andrès sans écarter la main de son œil tu-
méfié.

Et là-dessus, on commença à distinguer la
voix d'Anastasio.

Tous les curieux se penchèrent avec ensemble
et portèrent leur main à leur oreille, afin d'en-

tendre plus aisément. C'est vous dire que sans compter la veuve il n'y avait pas moins de quatre personnes pour écouter, dans les ténèbres du corridor, ce qu'allait dire le jeune traître.

XVII

ÉVÉNEMENTS INATTENDUS

— Señora, dit Anastasio, finissons-en d'un seul coup. Vous m'avez vu, tant qu'a duré notre voyage, gai, farceur, résolu; mais les choses ont bien changé depuis.

— Que vous est-il donc arrivé? demanda la veuve à voix basse, la plus basse possible.

— Beaucoup de choses, d'une gravité extrême pour moi.

— Peut-on les connaître?

— Pourquoi non? De cette façon ou d'une autre, tout le monde les apprendra bientôt...

Mais avant de vous les raconter, il est nécessaire de parler d'abord de ce qui vous touche. Je vous ai forcée, ou peu s'en faut, à me suivre jusque dans cette ville. Quelle impression ai-je causée sur vous, señora ? Quel sentiment vous-ai-je inspiré ? Il faut que je le sache. Croyez bien qu'il est absolument nécessaire que j'en sois informé.

La veuve... (l'auteur sait de bonne source qu'elle avait, comme on dit vulgairement, l'eau qui lui montait à la bouche) la veuve eut bien donné en ce moment six bons mois de sa vie, pour se trouver à deux cents lieues de l'endroit où elle était.

Elle suait à grosses gouttes.

Mais il n'y avait pas moyen de s'esquiver. Il fallait continuer la comédie, si toutefois ce mot convient à ce qui devait arriver.

Anastasio commençait à perdre patience.

— Mais qu'avez-vous donc ? dit-il. Est-ce que vous êtes devenue tout à coup muette ?

Et il ajouta presque aussitôt :

— Je vais faire partir une allumette.

La Sévillane s'élança sur lui...

Comme l'obscurité l'empêchait de se bien rendre compte de la place occupée par son interlocuteur, elle voulut lui prendre les mains, mais ce fut son nez qu'elle rencontra.

— Voulez-vous m'arracher les yeux à présent? demanda Anastasio.

Don Felipe riait à se tordre.

Il se serrait le ventre d'une main et, de l'autre, la bouche.

— Au nom de Dieu! murmura la Sévillane, ne me compromettez pas !

Et, forcée de jouer le tout pour le tout, elle se glissa hors de la chambre, en s'efforçant de ne faire aucun bruit.

Mais lorsqu'elle sortit, Manolito la devina au milieu des ténèbres.

Il lui prit la main avec la plus grande suavité et lui dit :

— Chuuut !

La veuve exhala une plainte, ou un cri, mais un cri étouffé.

— Qui est là ? demanda-t-elle.

— Silence ! reprit l'étudiant. Suivez-moi.

Et la voyageuse, qui voulait éviter avant tout qu'Anastasio l'entendît, se tut immédiatement et suivit l'étudiant qui se mit à la guider dans l'obscurité du corridor.

Sur ces entrefaites, don Felipe, percevant un certain mouvement autour de lui, étendit les mains pour éviter un choc probable, et la Sévillane, qui marchait, comme on l'a vu, à la suite de l'étudiant, sentit que don Felipe lui touchait une épaule.

Don Felipe devait sans doute l'avoir reconnue, il s'écria à voix basse :

— Bon secours !

Elle répondit sur le même ton :

— Emmenez-moi d'ici mon cher, je ne sais où l'on me mène !

.... mais elle trompait Felipe par son ....

Ainsi donc, nos trois noctambules se tenant par la main, et marchant sur la pointe des
pieds, se perdirent dans l'épaisseur des ténèbres.

Anastasio s'était écrié quand la Sévillane lui
avait plus ou moins égratigné le nez :

— Allez-vous m'arracher les yeux ?

Et don Andrès, à cette exclamation, avait ins-
tinctivement porté sa main de l'œil malade à
l'œil sain pour garantir ce dernier contre toute
éventualité possible.

Et maintenant, il me reste à dire au lecteur
que, malgré la fuite silencieuse et précipitée de
la veuve, Anastasio rencontra dans l'obscurité
une main très douce au toucher, une main fémi-
nine, de laquelle se dégageait le parfum le plus
agréable.

Ce dernier détail ne parut pas attirer l'attention de notre héros, tant il était préoccupé en
cet instant.

— Écoutez-bien, señora, exclama-t-il ; finissons-en ! je vous en supplie ! Par les onze mille

vierges ! si vous persistez à vouloir retourner
dans votre pays, je vous y ramène immédiatement. Mais il faut que ce soit immédiatement,
par exemple ! parce que je ne veux pas, moi non
plus, rester une heure de plus dans cette capitale. Nous irons ensemble dans votre village,
nous entrerons dans votre maison, et je serai le
premier à attirer sur moi la juste fureur de votre
mari. Je lui expliquerai toute cette histoire. S'il
se contente de cette explication, très bien ! et
s'il ne s'en contente pas, encore mieux ! Puisse-
t-il me déchirer en lambeaux ! La situation dans
laquelle je me trouve est affreuse. Elle est, de
toutes façons, horrible, atroce, désespérée. C'est
une situation qui ne peut se prolonger plus longtemps. N'allez pas me croire amoureux de la
veuve, non, je ne le suis point ! Ne croyez pas
davantage que tout ce que je vous dis ne soit
qu'une suite de déclarations combinées pour vous
intéresser à mon sort, en supposant que je vous
aie inspiré un semblant d'intérêt jusqu'à l'heure.
Non, ce n'est pas cela non plus !

Un silence sépulcral répondit seul aux paroles d'Anastasio.

Il continua :

— Je vais me montrer à votre égard aussi sincère que je pourrais l'être vis-à-vis d'un ami d'enfance, d'un parent, d'un frère ! Je souffre horriblement. En deux ou trois heures, mon caractère s'est modifié complètement, le temps que j'ai passé hors de cette maison a suffi pour faire de moi un homme nouveau. Vous souvenez-vous de mes plaisanteries d'hier ? de mes bons mots, de mes traits d'esprit, de mes railleries envers tout le monde?... Eh bien ! j'en suis incapable maintenant, on ne peut plus incapable. Il ne reste rien de tout cela. J'obéissais, en les formulant, à un besoin d'expansion qui m'a longtemps poursuivi, et je cherchais à me tromper moi-même en trompant les autres. Ah ! señora ! je suis bien malheureux ! je dirai mieux, je suis un grand misérable !

Il se tut un moment.

On entendit un soupir.

— Vous soupirez ? reprit Anastasio. Cela me décide à tout vous dire. De quelque nature que puisse être l'intérêt que mon récit fera naître en vous, je vous en remercie d'avance, je vous en remercierai toute ma vie. Veuillez donc m'écouter, et jugez de mon malheur.

Quand vous m'avez demandé hier, si j'étais marié, je vous répondis que non.

Je mentais, señora. Je suis marié !... Je suis marié, poursuivit-il en soupirant ; marié à une femme ravissante, une femme douce et charitable, une femme qui n'eût jamais dû s'unir à un homme capable de la faire souffrir comme je l'ai fait. Je suis inconstant ; je l'ai été toute ma vie. Cette inconstance me domine et me rend malheureux, plus malheureux que personne puisse l'être ici-bas. Il y a déjà bien du temps que j'ai abandonné ma femme, et elle...

(Ici, Anastasio dut s'interrompre, attendu qu'il pleurait...)

Elle, reprit le jeune homme, elle n'imita jamais ma conduite. Je l'ai outragée... et elle a dévoré sa peine en silence.

Ce soir, comme je traversais le cours San-Geronimo, un ami que je n'avais pas vu depuis plusieurs années vint à ma rencontre et me salua avec effusion.

Après l'échange de phrases affectueuses habituel en pareil cas, il me demanda des nouvelles de ma femme.

Ne sachant que lui répondre, je voulus détourner l'entretien, mais il insista en disant :

— Il est inutile que tu te donnes tant de mal pour me cacher ce qui se passe. Je sais tout... et le reste !

— Le reste ? demandai-je.

— Oui, me répondit-il ; peut-être bien que 'en sais plus long que toi.

— Parle, alors, m'écriai-je avec impatience.

Et mon ami me raconta une histoire de larmes amères.

— Ta femme, me dit-il resta seule quand tu quittas le pays ?

— Parfaitement, seule avec deux domestiques.

— Tu partis très peu de temps après vous être séparés.

— Oui.

— Tu agis si mal (pardonne-moi ce blâme) que tu oubliais jusqu'aux plus élémentaires des devoirs. Ta femme était pauvre ; tu ne songeas même pas qu'il lui manquait de quoi vivre. Tu l'abandonnas donc aux soins de la Providence. Dans sa profonde misère, elle eût été excusable peut-être de se départir du respect des lois sociales, et de se laisser glisser sur une pente vicieuse ; mais ta femme est incapable d'oublier ce qu'elle doit à sa propre dignité ainsi qu'à son devoir. Elle serait morte de faim, avant de consentir à vivre déshonorée.

Par bonheur, il se trouva quelqu'un pour la protéger.

— Et qui est celui-là ? demandai-je, vivement intéressé par ce récit.

— Don Rafaël, me répondit mon ami.

Ce Rafaël est un vieil ami de ma famille; un homme dont mon père s'honorait de posséder l'amitié, et qui est généralement estimé pour la noblesse de ses sentiments.

Il me servit de parrain le jour de mon mariage; il avait connu ma femme toute enfant, et faisait le plus grand cas de ses vertus.

Vous imaginez l'impression que me causèrent les paroles de mon ami.

— C'est don Rafaël? répétai-je.

— Oui, c'est don Rafaël.

— Et ensuite?...

— Don Rafaël a veillé sur ta pauvre femme; il l'a recueillie, il l'a secourue... Et quant à elle, elle n'a fait que pleurer depuis que tu l'as délaissée. Sa vie est un désespoir incessant; elle ne sort, ne se distrait jamais; rien ne peut la consoler... Pauvre Luisa!

Ces paroles me jetèrent dans un trouble tel que je tenterais vainement de vous expliquer ce qui se passa dans mon cœur.

Je m'étais persuadé jusqu'à ce jour que ma

femme avait été infidèle ; qu'elle avait imité ma conduite; que... Dieu sait combien je la calomniais !

Et quand je pense qu'hier encore, peut-être à la même heure, où, riant et chantant, je me promenais dans les champs, votre bras passé sous le mien, ma pauvre compagne songeait sans doute à moi... quand je me souviens que, pendant tant de nuits passées par moi dans l'orgie, tant de veilles partagées entre le vin et les femmes, elle pleurait ma tendresse perdue... Ah ! Teresa, mon amie ! pardonnez-moi cet épanchement, mais je ne pouvais plus le contenir, mon chagrin m'étouffait...

La forme invisible ne répondit rien aux confidences de don Anastasio.

Ce dernier sentit cependant trembler convulsivement la main qu'il serrait dans les siennes... puis il se sentit attiré, et entendit le choc d'un corps qui tombait sur un meuble.

— Teresa ! s'écria-t-il.

Des sanglots répondirent seuls à cet appel.

— Qu'est-ce que c'est? s'exclama Anastasio.
Quel mystère est celui-ci?

Il ne voulut pas attendre davantage.

Il frotta une allumette, et aperçut une femme
presque évanouie; une femme qui n'était pas
Teresa; une femme enchanteresse, et pâle
comme une morte, mais qu'il reconnut aussitôt, et dont la vue lui arracha ce cri passionné :

— Luisa ! Luisa de mon cœur !

C'était effectivement sa femme.

C'était l'ombre qui était apparue à la porte du
señor Cortès et qui s'était glissée le long du corridor jusqu'à la chambre de Teresa.

Et le lecteur a déjà compris, sans que je le lui
dise, que le señor de Cortès était ce même don
Rafaël de qui avait parlé Anastasio.

Don Raphaël de Cortès avait amené Luisa à
Madrid depuis un mois environ, en la présen-
tant comme sa femme à tous les gens de sa
connaissance.

Luisa avait entendu et reconnu la voix de son

mari, quand Anastasio avait demandé en rentrant : « Et ma femme? »

Et un hasard inattendu avait réuni les deux
époux.

Voilà, mon cher lecteur, comment vont les
choses de ce monde. Il est bien vrai de dire que
le lièvre se montre où l'on pensait le rencontrer
le moins.

XVIII

NOUVEAU GRABUGE

— Luisa, chère Luisa, disait Anastasio en essuyant les larmes de sa femme qui achevait de reprendre ses sens.

— Pas un mot de plus ! pas d'excuse ! lui répondit-elle ; j'ai déjà tout oublié.

— Oh ! tu es la bonté même !... Je puis te jurer désormais une fidélité éternelle.

Et le lecteur ne sera pas bien surpris, je pense, si j'ajoute que cette protestation fut appuyée de dix ou douze baisers.

Il me semble, en définitive, qu'entre mari et

femme ce procédé n'a rien que de très ordinaire.

Ce qui est plus étrange, c'est qu'au même instant, des cris se firent entendre au fond du passage, peut-être plus loin ; des cris si aigus et si discordants que Luisa et Anastasio en furent forcément frappés.

On percevait des gémissements, des appels au secours, des soufflets ; puis des détonations retentirent... Enfin, il devait se passer quelque chose de grave.

C'était très grave en effet.

Qu'on juge de ce qui s'était produit.

L'étudiant, la veuve et don Felipe étaient partis, comme on le sait, en se tenant par la main, comme trois bambins dansant une ronde.

Manolito, ce démon incarné, avait imaginé un plan on ne peut mieux fait pour produire des résultats prompts et positifs.

S'il s'était trouvé seul avec la veuve, il aurait su sans hésitation ce qu'il avait de mieux à faire, et ce que chacun peut se figurer facilement, quand il s'agit d'un étudiant très hardi et d'une veuve très attrayante.

Mais Manolito avait compris que la dame traînait quelqu'un après elle et il dit dans sa barbe :

— Oui. Tu t'es procuré un bouclier pour l'occasion ? Eh bien, je vais vous divertir l'un et l'autre.

Et s'avançant très doucement jusqu'à la chambre occupée par le señor de Cortès, il ouvrit la porte et poussa dans cet appartement don Felipe et son amie.

Puis il revint sur ses pas, chercha don Andrès à tâtons et lui souffla dans l'oreille :

— Mon ami, vous ne m'accuserez plus de ne pas vous protéger. Il y a là dans la chambre de Cortès, lequel est absent pour le quart d'heure, une dame toute seule, et la porte est grande ouverte.

Et don Andrès, grand amateur de ce genre d'aventures, bien persuadé d'ailleurs que Manolito ne se serait pas aventuré du côté du logement de Cortès si celui-ci n'était hors de la maison, se mit aussitôt à marcher sur la pointe des pieds, et, sans cesser de protéger d'une main son œil malade, il se coula tout tranquillement dans la chambre indiquée. Aussitôt Manolito, qui savait la clef en dehors, ferma la porte à double tour. Il s'en retourna chez lui, en riant avec une telle satisfaction qu'on n'eût pu la voir sans être tenté de s'y associer.

Le señor de Cortès, à qui son récent accès de colère avait donné une sorte d'indigestion, était couché et dormait en ce moment.

Mais, comme les trois personnes qui étaient dans sa chambre n'avaient pu y pénétrer sans faire quelque bruit, et que, pour comble de malheur, don Felipe trébucha contre une cuvette et la renversa avec le tapage inévitable, le noble cavalier de la figure tordue se réveilla immédiatement. Supposant qu'il était au moins deux heures du matin, et que des voleurs étaient en train de dévaliser la maison, la première chose qu'il fit, en manière d'exorde, fut de saisir son

revolver sur sa table de nuit et de tirer à brûle-
pourpoint un coup qui creva au malheureux
don Andrès le seul œil qui lui restait.

La veuve commença à crier, don Felipe à
hurler, et don Andrès à gémir en couvrant ses
deux yeux de ses deux mains, tandis que le
señor de Cortès, pestant et jurant comme un
diable, déchargeait au hasard les huit balles de
son revolver.

Il faut renoncer à peindre le grabuge qui en
résulta.

— Mais c'est don Rafaël que j'entends, dit
Luisa.

— Allons-y! cria Anastasio.

Et tous deux s'élancèrent dans le couloir ; ils
y rencontrèrent doña Zoa qui augmentait le
bruit en criant aux voleurs.

Et le tapage allait croissant, dominé néanmoins par les inextinguibles et stridents éclats
de rire de Manolito qui, tout seul dans sa chambre, s'était couché à plat ventre, et se débattait

contre les coliques causées par cette hilarité immodérée.

— Halte-là ! cria Anastasio. — Arrêtez, don Rafaël. Reconnaissez-moi !... C'est moi, Anastasio !

— Ouvrez !... disait Luisa. Mon mari est ici ! Nous sommes réconciliés !

— Qu'on aille chercher le commissaire ! vociférait doña Zoa. Qu'on les mène tous en prison !

Enfin, Anastasio fit sauter la serrure de deux ou trois coups de poing. La porte s'ouvrit, et, grâce au flambeau que doña Zoa tenait à la main, on put voir don Andrès accroupi dans un coin, les joues ruisselantes de sang ; don Felipe serrant la veuve entre ses bras, orné d'une balafre au visage, et le señor de Cortès, en chemise, la figure couverte de sa perruque et s'escrimant dans toutes les directions avec un parapluie fermé qu'il tenait à la main.

Voir la porte ouverte et s'enfuir comme autant de damnés, ce fut pour don Andrès, don

Félipe et la veuve une chose aussi prompte que l'extinction d'un éclair.

Et le señor de Cortès, oubliant jusqu'à son costume pour ne penser qu'à la réunion inopinée de Luisa et de son mari, s'en fut embrasser ce dernier avec toutes les forces qu'il avait reçues de Dieu, et qui n'étaient pas médiocres, en s'écriant :

— Arrivez ici, seigneur libertin, seigneur garnement ! Il était plus que temps de vous voir rentrer dans le bon chemin.

Doña Zoa, toujours munie du bougeoir, et plus suffoquée que jamais, répétait à tout instant :

— Je veux que vous partiez tous de cette maison.

Et elle alla dans la chambre de la veuve. Celle-ci couvrait d'insultes don Felipe dont la figure ressemblait à une pièce de boucherie. Doña Zoa les apostropha l'un et l'autre en ces termes :

— Sortez d'ici, à l'instant même !

De là, elle se rendit à la chambre de don

Andrès, qui était absolument aveugle, et lui cria :

— Hors de la maison !

Au même instant, Manolito se montra au seuil de son appartement, et demanda à la patronne avec le plus naturel étonnement :

— Mais enfin, señora, quelle maison est la vôtre ? Quel scandale est celui-ci ? Peut-on savoir ce qui est arrivé ?

L'innocente doña Zoa se mit à lui tout conter par le menu, et le coquin d'étudiant multipliait les signes de croix pour mieux calmer la terrible émotion dont il se prétendait saisi.

XIX

COMMENCEMENT DE LA FIN

Deux jours après les événements qu'on vient de lire, les journaux de Madrid publièrent un fait divers des plus originaux, une information des mieux choisies pour faciliter à l'auteur la tâche de raconter au public le dénouement de cette véridique histoire.

Le lecteur désirerait savoir ce qu'il advint de Teresa, n'est-ce pas?

Quand elle sortit de l'hôtel où l'on ne reçoit pas des hôtes, où allait-elle?

Où pouvait-elle aller, ailleurs qu'à la gare du chemin de fer?

Mais il était écrit, sans doute, que les mésaventures de cette dame infortunée ne finiraient pas de sitôt.

Comme elle n'était jamais allée à Madrid jusqu'alors, elle ne savait de quel côté se tourner.

Elle était si profondément préoccupée, et si terriblement abattue, qu'elle marchait, marchait, marchait, sans s'en rendre compte.

Elle parvint ainsi à la place d'Isabelle II, qui est fort loin, comme on sait, de la rue de la Reina.

Arrivée là, elle se souvint que, le matin même, à sa descente du train, elle avait vu don Felipe appeler un cocher et lui donner une adresse, sans aucune autre explication.

Elle aperçut une file de fiacres arrêtés sur la place précitée, s'approcha de l'une des voitures et dit simplement au cocher :

— Au chemin de fer.

Comme c'était précisément l'heure de départ

des trains pour les lignes du Nord, l'automédon partit sans demander rien de plus et l'amena tout droit à la gare de cette compagnie.

Teresa demanda un billet pour Morata.

L'employé se mit à rire (1).

La jeune femme demanda la raison de son hilarité, et l'autre dut lui apprendre que Morata appartenait à un autre réseau et qu'elle devait, pour s'y rendre, partir de la gare du Midi, située à l'extrémité opposée de Madrid.

Teresa s'évanouit... comme il arrive toujours.

Quand elle revint à elle, elle rencontra... Vous ne devineriez jamais ce qu'elle rencontra?

Je me borne à transcrire ici la nouvelle annoncée par les journaux du lendemain :

(1) Il importe d'expliquer au lecteur, pour qu'il se rende compte de la méprise de notre héroïne, que la station de Morata, ainsi que toute la ligne de Saragosse, qui étend son réseau au nord-est de l'Espagne, dépend de la compagnie du Midi, plus connue sous la désignation de M-Z-A. Madrid, Zaragoza, Alicante.

« Il s'est produit hier, à Saragosse, un événement tragi-comique.

» Il paraît qu'une dame, qui s'était évanouie dans la gare du Nord de Madrid, fut recueillie par un cavalier qui la fit apporter dans son wagon.

» Peu d'instants après, cette dame reprit ses sens. Aussitôt, elle entra en fureur, en reprochant à son compagnon de l'avoir ainsi acheminée sur une ligne où elle n'avait nullement l'intention de voyager. Le trop obligeant cavalier lui répondit que l'ayant vue s'évanouir à la gare, à l'heure du départ du train, il avait supposé, grâce à son costume de voyage, que le meilleur service à lui rendre était de la mettre dans le train en partance, au lieu de la laisser dans l'embarras.

» L'affaire ne s'arrêta point là, car le voyageur, se piquant de galanterie, s'entêta à escorter la dame jusqu'au bout de son voyage, et il dut faire un assez beau détour, attendu que ladite dame se rendait à Morata, petit village qui dépend, comme chacun sait, de la ligne de Saragosse.

» Mais le point le plus grave de l'histoire, c'est qu'au moment où les deux voyageurs, l'un toujours obséquieux et l'autre de plus en plus désespérée, — allaient changer de voiture à Saragosse, le train de Madrid entra en gare, et il en descendit un cavalier entre deux âges qui n'eut pas plutôt aperçu la dame et son accompagnateur qu'il fondit sur eux à grands coups de bâton. Il les arrangea si bien que la femme resta estropiée, et l'homme avec la tête fendue, se plaignant amèrement d'avoir négligé ses affaires et de s'être si fort écarté de son chemin pour le seul avantage de faire montre envers le beau sexe d'une politesse extra-raffinée.

» Il paraît que l'agresseur était le mari de la dame voyageuse.

» Les tribunaux sont saisis de l'affaire. »

ÉPILOGUE

Or, savez-vous, belle lectrice, comment les tribunaux réglèrent ce litige ?

Il fut décidé que don Anastasio et Teresa plaideraient en divorce.

Voilà déjà deux ans qu'ils vivent séparés.

Et tout cela, pourquoi ?

Pour cette mauvaise petite olive que nous avons vu Teresa accepter des mains d'Anastasio au premier chapitre de ce livre.

14

Pour cette tasse de café trop longuement savourée au moment du départ.

Pour ces plaisanteries et ce manque de réflexion habituel à votre sexe.

Cela vous servira-t-il de leçon, chères lectrices?

Je m'en réjouirais grandement.

Il me reste encore à dire qu'Anastasio et Luisa ont aujourd'hui un bébé ravissant, et que don Rafaël raconte à tout le monde leur heureuse réconciliation;

Que don Felipe est devenu l'intime ami de ce couple fortuné, et qu'il ne peut lui faire visite sans se mettre à rire sitôt qu'on lui ouvre la porte;

Que la veuve rêve encore d'Anastasio presque toutes les nuits, dans sa propriété des environs de Séville;

Que Manolito reste toujours aussi gamin, et Doña Zoa aussi obligeante et aussi aimable envers les hôtes qui ne sont pas des hôtes.

Don Andrès a perdu complètement un œil. Borgne d'un côté, il louche de l'autre.

Tant il est vrai que c'est toujours le moins coupable qui doit payer pour tous!

FIN

TABLE

ÉMILE COLIN — IMPRIMERIE DE LAGNY

Extrait du Catalogue de la Librairie

E. FLAMMARION, Éditeur, rue Racine, 26

PARIS

AUTEURS CÉLÈBRES

A **60** CENTIMES LE VOLUME

La collection des *Auteurs célèbres* à **60** centimes le volume a été créée en 1887. Son but est de mettre entre toutes les mains de bonnes éditions des meilleurs écrivains modernes et contemporains. Avec des caractères très lisibles, sous un format commode et digne de tenir une belle place dans toute bibliothèque, il paraît chaque semaine un volume qui constitue toujours un tout complet. Depuis la fondation de cette publication, plus de **cinq millions d'exemplaires** ont été répandus dans l'univers. Elle a exercé une influence incontestablement heureuse sur la diffusion du goût de la lecture dans toutes les classes de la société, en même temps qu'elle a propagé à l'étranger l'usage et l'action de la langue française. C'est là un beau résultat.

Voici la nomenclature complète des ouvrages composant à ce jour la collection des *Auteurs célèbres*, à laquelle collaborent toutes nos célébrités.

AICARD (JEAN)	Le Pavé d'Amour.
ALARCON (A. DE)	Un Tricorne. (Trad. de l'espagnol.)
ALEXIS (PAUL)	Les Femmes du père Lefèvre.
ARCIS (CH. D')	La Correctionnelle pour rire.
—	La Justice de paix amusante.
ARÈNE (PAUL)	Le Canot des six Capitaines.
—	Nouveaux Contes de Noël.
AUBANEL (HENRY)	Historiettes.
AUBERT (CH.)	La Belle Luciole.
—	La Marieuse.
AURIOL (GEORGES)	Contez-nous ça !
BEAUTIVET	La Maîtresse de Mazarin.

DUMAS (ALEXANDRE)....... Les Borgia.
— Marie Stuart.
DURIEU (L.)............... Ces bons petits collèges.
DUVAL (G.)................ Le Tonnelier.
ENNE (F.) ET DELISLE (F.). La Comtesse Dynamite.
ESCOFFIER .... Troppmann.
EXCOFFON (A.)............ Le Courrier de Lyon.
FLAMMARION (CAMILLE)... Lumen.
— Rêves étoilés.
— Voyages en Ballon.
— L'Éruption du Krakatoa.
— Copernic et le système du monde.
— Clairs de Lune.
FIGUIER (Mᵐᵉ LOUIS)...... Le Gardian de la Camargue.
— Les Fiancés de la Gardiole.
GAUTIER (THÉOPHILE)..... Jettatura.
— Avatar. — Fortunio.
GAUTIER (Mᵐᵉ JUDITH).... Les Cruautés de l'Amour.
GINISTY (P.)............... La Seconde Nuit. (Roman bouffe.
Préf. par A. Silvestre.)
GŒTHE.................... Werther.
GOGOL (NICOLAS)......... Les Veillées de l'Ukraine.
— Tarass Boulba.
GOLDSMITH............... Le Vicaire de Vakefield.
GOZLAN (LÉON)........... Le Capitaine Maubert.
GREYSON (E.)............. Juffer Daadje et Juffer Doordje.
GROS (JULES)............. Un Volcan dans les Glaces.
— L'Homme fossile.
GUÉRIN-GINISTY.......... La Fange.
— Les Rastaquouères.
GUILLEMOT (G.).......... Maman Chautard.
GUYOT (YVES)............ Un Fou.
HAILLY (G. D')........... Fleur de Pommier.
— Le Prix d'un Sourire.
HALT (Mᵐᵉ ROBERT-)...... Hist. d'un Petit Homme. (Ouvrage
couronné.)
— La Petite Lazare.
— Brave Garçon.
HAMILTON................ Mémoires du Chev. de Grammont.
HEPP (A.)................. L'Amie de Madame Alice.
HOFFMANN............... Contes fantastiques.
HOUSSAYE (ARSÈNE)...... Lucia.
— Madame Trois-Étoiles.

HOUSSAYE (ARSENE)...... Les Larmes de Jeanne.
— La Confession de Caroline.
— Julia.
HUCHER (I.)............. La Belle Madame Pajol.
HUGO (VICTOR) .... La Légende du Beau Pécopin et de
la Belle Bauldour.
JACOLLIOT (L.)........... Voyage aux Pays Mystérieux.
— Le Crime du Moulin d'Usor.
— Vengeance de Forçats.
— Les Chasseurs d'Esclaves.
— Voyage sur les rives du Niger.
— Voyage au pays des Singes.
JANIN (JULES)........... Contes.
— Nouvelles.
— L'Ane mort.
JOGAND (MARIUS)........ L'Enfant de la Folle.
LA FAYETTE (Mᵐᵉ DE)..... La Princesse de Clèves.
LANO (PIERRE DE)........ Jules Fabien.
LAUNAY (A. DE).......... Mademoiselle Mignon.
LAURENT (ALBERT)...... La Bande Michelou.
LE ROUX (HUGUES)....... L'Attentat Sloughine.
LEROY (CHARLES)........ Les Tribulations d'un Futur.
— Le Capitaine Lorgnegrut.
— Un Gendre à l'Essai.
LESSEPS (FERDINAND DE). Les Origines du Canal de Suez.
LHEUREUX (P.)........... P'tit Chéri. (Histoire parisienne.)
— Le Mari de Mˡˡᵉ Gendrin.
LOCKROY (EDOUARD)...... L'Ile révoltée.
LONGUEVILLE........... L'Art de tirer les Cartes.
LONGUS............... Daphnis et Chloé.
MAEL (PIERRE).......... Pilleur d'Epaves. (Mœurs maritimes.)
— Le Torpilleur 29.
— La Bruyère d'Yvonne.
MAISTRE (X. DE) .... Voyage autour de ma Chambre.
MAIZEROY (RENÉ) .... Souvenirs d'un Officier.
— Vavaknoff.
— Souvenirs d'un Saint-Cyrien.
— La Dernière Croisade.
MALOT (HECTOR)........ Séduction.
— Les Amours de Jacques.
— Vices français.
— Madame Obernin.
MARGUERITTE (PAUL)..... La Confession posthume.

(Envoi franco contre mandat ou timbres-poste français.)

ÉMILE COLIN — IMPRIMERIE DE LAGNY

AVIS DE L'ÉDITEUR

Le but de la collection des *Auteurs célèbres*, à **60 centimes** le volume, est de mettre entre toutes les mains de bonnes éditions des meilleurs écrivains modernes et contemporains.

Sous un format commode et pouvant en même temps tenir une belle place dans toute bibliothèque, il paraît chaque quinzaine un volume.

CHAQUE OUVRAGE EST COMPLET EN UN VOLUME

POUR LES N°ˢ 1 A 270, DEMANDER LE CATALOGUE SPÉCIAL

271. COUTURIER (CLAUDE), Le Lit de cette Personne.
272. LE ROUX (HUGUES), L'Attentat Sloughine.
273. XANROF, Juju.
274. PRADELS (OCTAVE), Les Amours de Bidoche.
275. YVELING RAMBAUD, Sur le Tard.
276. BOSQUET (E.), Le Roman des Ouvrières.
277. PERRET (PAUL), La Fin d'un Viveur.
278. LAURENT (ALBERT), La Bande Michelou.
279. CAHU (THÉODORE), Combat d'Amours.
280. VÉBER (PIERRE), L'Innocente du Logis.
281. THEURIET (ANDRÉ), Contes tendres.
282. COQUELIN CADET, Le Livre des convalescents.
283. SILVESTRE (ARMAND), Histoires gaies.
284. LANO (PIERRE DE), Jules Fabien.
285. DURIEU (L.), Ces bons petits collèges.
286. JANIN (J.), Contes.
287. CAZOTTE (J.), Le Diable Amoureux.
288. LHEUREUX (PAUL), Le Mari de Mademoiselle Gendrin.
289. LEROY (CHARLES), Un Gendre à l'essai.
290. MARTIAL-MOULIN, Le Curé Comballuzier.
291. AURIOL (GEORGES), Contez-nous ça !
292. HENRI ROCHEFORT, L'Aurore boréale.
293. SILVESTRE (Armand), Les Cas difficiles.
294. JANIN (JULES), Nouvelles.

En jolie reliure spéciale à la collection, 1 fr. le v

(ENVOI FRANCO CONTRE MANDAT OU TIMBRE

PARIS. — IMPRIMERIE E. FLAMMARION, RUE RACINE, 26

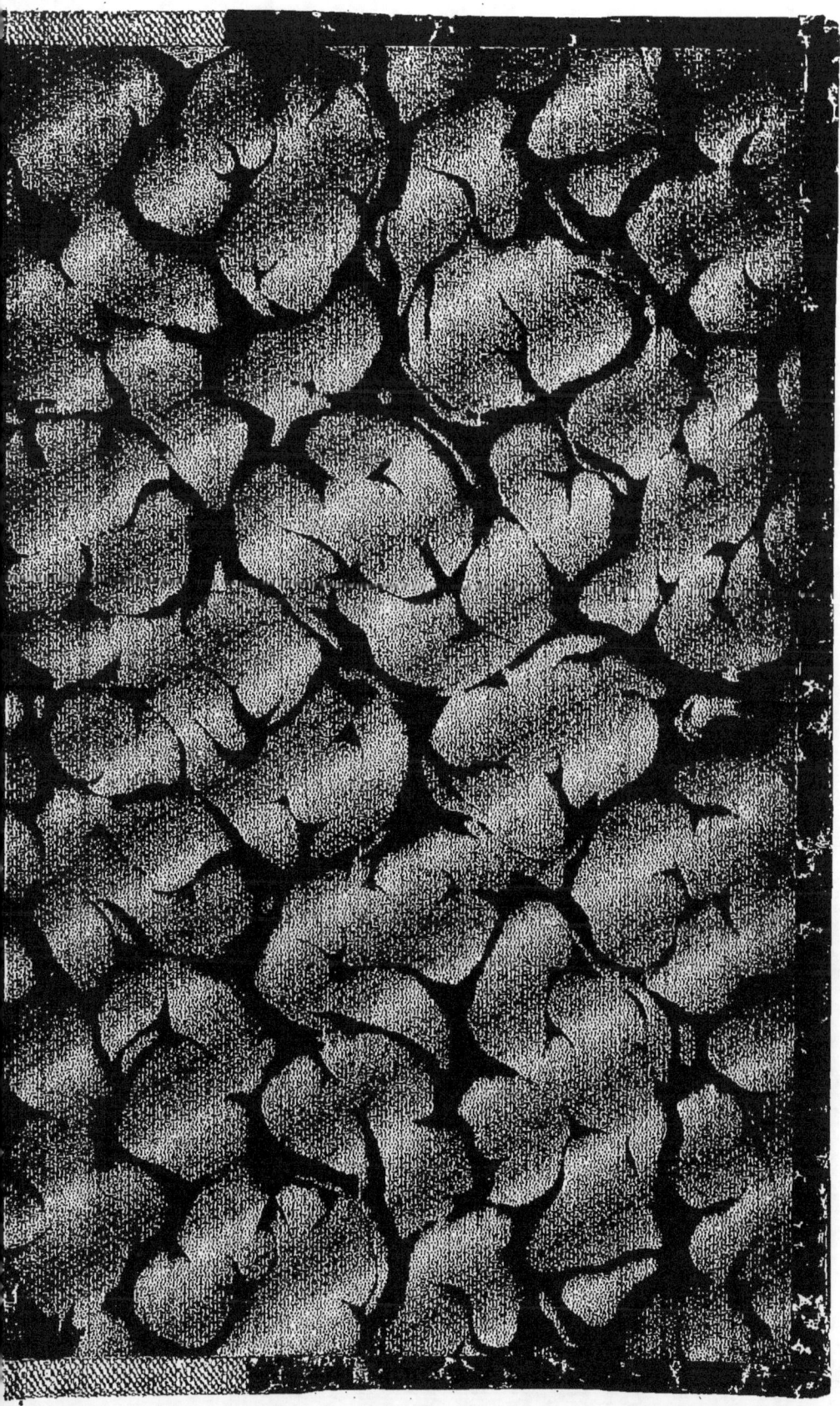

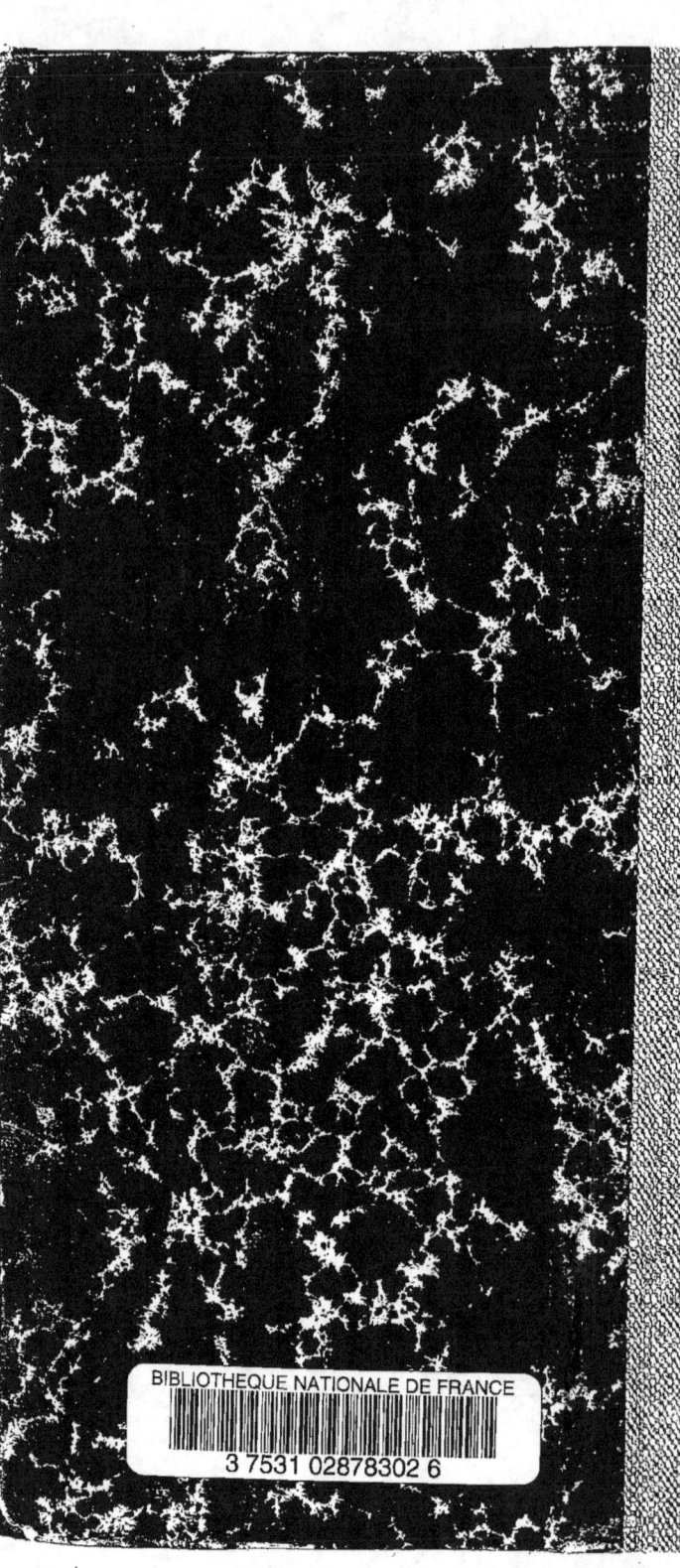